文春文庫

「御宿かわせみ」ミステリ傑作選

平岩弓枝
大矢博子選

文藝春秋

はじめに

江戸時代末期を舞台に、大川端の小さな旅籠「かわせみ」が私たちの前に登場したのは一九七三年の年明けでした。それから四十五年。「御宿かわせみ」と、舞台を明治初頭に移して第二世代が活躍する「新・御宿かわせみ」はあわせて四十巻を超え、現在も継続中の大長寿シリーズとなりました。ドラマ化・舞台化も数多く、もはや日本を代表する江戸市井シリーズの金字塔と言っていいでしょう。

旅籠「かわせみ」の女主人るいと恋人の東吾を中心にした、魅力的なレギュラーメンバーの人間模様。「かわせみ」を訪れる人々の悩みや厄介ごとを物語に仕立てるグランドホテル形式の面白さ。細やかに綴られる、四季折々の江戸情緒。「御宿かわせみ」の魅力はこれまでも多く指摘されてきました。

ですがもうひとつ、注目していただきたい大きな魅力があります。

ミステリとしての、捕物帳としての、面白さです。声を大にして言いたいのですが、「御宿かわせみ」にはびっくりするほど秀逸なミステリ作品が多いんです！

人情小説という思い込みで読むと、驚かれることでしょう。殺人事件や詐欺といった大きなものから、ふとした日常の謎まで実に多彩。物理トリックもあれば心理トリックもあり、フーダニットもホワイダニットもあり、ミステリファンが読めば「あの名作ミステリの本歌取りでは？」と気づくような、遊び心に満ちた作品まであります。

それもそのはず、今でこそ時代小説の大家というイメージが強い平岩弓枝さんですが、実は現代ミステリの著作も多く、推理作家の顔もお持ちなのですから。

旅籠には人と情報が集まるため奉行所との関係も密で、しかも主人公のるいは元八丁堀同心の娘。恋人の神林東吾は与力の弟で、その親友の畝源三郎は定廻り同心。捕物帳にならない方が嘘、という舞台設定じゃありませんか。

本書では、「御宿かわせみ」と「新・御宿かわせみ」の三百を超える作品群から、特にミステリとして高レベルなものを七作、厳選しました。刊行順に並べましたので、最初は恋人どうしだったるいと東吾が、夫婦になり、娘が生まれという人間関係の変化や、序盤では道場の師範代だった東吾が終盤では軍艦操練所に勤めているという、幕末ならではの時代の変化も合わせてお楽しみいただけることと思います。さらに七作目は明治になり、十代の若者に成長した子どもたちに主人公が代替わりした一編です。

本書で初めて「かわせみ」に触れるミステリファンの方にも、これまでずっと「かわせみ」をお読みいただいた皆様にも、ともに新鮮な出会いとなるに違いありません。

では、どうぞごゆっくりお楽しみください。

大矢博子

「御宿かわせみ」ミステリ傑作選◉目次

「御宿かわせみ」登場人物

庄司《しょうじ》るい

大川端の旅籠「かわせみ」の女主人。八丁堀の鬼同心の一人娘。東吾と恋仲だったが、身分が違うため公にできない時期が長く続いた。後に晴れて東吾と夫婦になり、一女をもうける。面倒見のいい優しい女性だが、少々やきもち焼きのところも。

神林東吾《かみばやしとうご》

吟味方与力・神林通之進《みちのしん》の弟。八丁堀の道場の他に狸穴での出張師範代、講武所でも指導にあたるなど、剣の腕が立つ。幕末には軍艦操練所に務める。親友の源三郎の相談相手として、難事件の探索を手伝うことが多い。

畝源三郎《うねげんざぶろう》

八丁堀の定廻り同心。東吾とは幼馴染だが、与力の弟である東吾には礼儀を忘れない。長い独身の末、札差の娘・お千絵と祝言を挙げた。

お吉《きち》

「かわせみ」の女中頭。るいの父の代からの庄司家の奉公人で、るいの良き相談相手。好奇心が旺盛でおしゃべりだが、頼りになるムードメーカー。

嘉助《かすけ》

「かわせみ」の老番頭。もともとはるいの父に仕えた捕方で、今もその観察眼と経験で「かわせみ」とるいを守っている。

長助《ちょうすけ》

深川の蕎麦屋・長寿庵の主で、腕利きのベテラン岡っ引。

「新・御宿かわせみ」登場人物

神林千《ち》春《はる》

るいと東吾のひとり娘。母を手伝い、「かわせみ」を取り仕切っている。

神林麻太《あさた》郎《ろう》

東吾の兄・通之進の養子。実は東吾の息子だが、出生の秘密は伏せられたまま神林家に引き取られた。御維新直後から五年半にわたるイギリス医学留学を終えて帰国。

畝源太《げんた》郎《ろう》

源三郎の息子で、探偵業のようなことをしている。実直な正義漢。

麻生《あそう》花世《はなよ》

麻生家の長女。鋭い舌鋒と大胆な行動で周囲をたじろがせる女学生。

麻生宗太《そうた》郎《ろう》

思いやりと情熱を備えた名医。東吾の良き友であり、「かわせみ」とは家族ぐるみの長いつきあい。

（注・傑作選登場順）

「御宿かわせみ」ミステリ傑作選

倉の中

一

夕方から、るいの左の眼が痛み出した。

洗っても冷やしても、痛みはおさまらない。

「手遅れにならない中《うち》に、お医者さまにみて頂いたほうが……」

女中頭のお吉《きち》が、大丈夫だといいはるるいを説き伏せて、神田にある眼医者へ連れて行ったのが、初更《しょこう》。幸い、るいの亡父の知人であった眼医者が家にいて、すぐに手当をしてくれた。瞼の裏に小さな腫物が出来ているのを切り、薬を塗って、そのあと痛み止めの薬湯を飲まされて、るいは少し眠った。

そのまま、医者の家へ泊ってよかったし、医者も勧めてくれたのに、落ちつくと、そこは性分で、どうしても家へ帰るという。

「宿屋商売のほうは、番頭さんが取りしきっていますから、なんにもご心配はないんですけどね」

ずっと待っていたお吉が苦笑しながら、それでも子供の時から、るいの性格を知っているので、提灯を借りて医者の家を辞去したのが深夜であった。

初老の医者が気づかって、供をつけようというのを、るいもお吉も断った。今でこそ、大川端《おおかわばた》の「かわせみ」という小さな宿の女主人と女中頭だが、昔は八丁堀で鬼と仇名のあった同心の娘であり、その時の奉公人だから、主従とも女のくせに気が強い。

辻へ出れば駕籠《かご》もあろうし、神田と大川端は、乗ってしまえばそれほど遠いわけでもない。

眼帯で片眼を被《おお》ったるいの手をひいて、お吉は歩き出した。

あいにく月のない晩で提灯がなかったら足許がおぼつかない。

小さな神社があった。その境内を横切るのが、辻へ出る近道である。

ひっそりした社前で、るいもお吉も足を止めて合掌した。

「やっぱり秋ですねえ。寒くありませんか、お嬢さん……」

夜気の中で、お吉が気づかった時、どこかで枝の折れる音がした。どすっと地に黒いものが転んだ気配である。

「お吉……」

るいがそっちをみて、お吉は提灯を高くかかげた。

松の木の根方に、明らかに人がみえた。低いうめき声も聞える。

普通の女なら逃げ出すところを、るいもお吉もためらわずに、その場所へ近づいた。

僅《わず》かに白くみえたのは、老女の着ている上布《じょうふ》の着物で、その足許に紐を結んだ松の枝がころがっている。

あとでわかったことだが、老女は松の根元にあった碑を踏み台にして縊死《いし》をはかったものであった。あいにく、松の枝が枯死していて、さして重みがあるとも思えない老女の体すら、支えかねて折れたらしい。

こういうことになると、お吉の手ぎわはよくて、まず辻へ走って若い者を呼び、このあたりを持ち場にしている岡っ引の清七に声をかけて、処理をまかせた。

清七というのは、もう初老で、本業は松の湯という神田の大きな湯屋の主である。親の代からお上のお手先をつとめていて、八丁堀にも顔を出していたから、咄嗟《とっさ》に、お吉も彼に事件をゆだねる気になったものだ。

「首くくりの婆さんを助けたそうじゃないか」

翌日の午後、「かわせみ」の客の大方が発《た》ってしまって、夕方、新しい客が入るまでの宿屋の一番手のすいた時刻に、神林東吾《かみばやしとうご》が畝源三郎《うねげんざぶろう》を伴ってやって来た。二人の背後に松の湯の清七がちょっと小さくなってついている。

「清七親分が、るいにちょっと聞きてえことがあるっていうんで、源さんが俺のところへ連れて来たんでね、一緒にやって来たんだ……」

勝手知った家だから、東吾はずんずん、るいの居間へ通る。

清七がききたいというのは、間違いなく昨夜の首くくりの事件で、お上から十手捕縄をあずかっているのだから、宿屋稼業のるいのところへやって来て尋問するのに、なんの支障もないわけだが、そこは、るいが元八丁堀同心の娘というので、なんとなく遠慮があって、畝源三郎を通したものとみえた。

畝源三郎は八丁堀の同心で、清七は源三郎から手札を受けて岡っ引をつとめている、いわば、部下であった。

「それじゃ、お吉も呼びましょう」

るいが気さくにいって、部屋へ通したのに、清七は座布団も固辞し、下座《しもざ》を動かない。

「困りますよ、昔は昔、今は今なんですから、どうぞ、なんでもきいて下さい」

るいに笑われて、清七はやっと実直な口をひらいた。昨夜の老女の縊死未遂の発見の顚末についてくわしくききたいという。お吉は待っていましたとばかり、饒舌になった。

東吾は勿論、源三郎も無言で聞いている。

微に入り、細にわたっての、お吉の仕方話が一通り済んでから、清七は膝を進めた。

「どうも、しつこく念を押しますようでございますが、二、三、繰り返してお訊ね申します」

松の枝の折れる音は、間違いなく聞いたかと問われて、るいがうなずいた。

「私もききました。ちょうど、社前でおまいりを終えた時で、はっきりと折れる音、続いて人の落ちたような気配が致しましたから……」

「お嬢さまとお吉さんが、現場へお出でになったのは、すぐでございますか」

「はい、暗うございましたけれど、白いものがみえましたし、そのまま近づきました」

「お近づきになる前に、現場から誰かが逃げたとか、そういう気配は……」

「なかったように思いましたが……」

お吉も、それは絶対になかったといい切った。

「どういうわけでございましょうか」

縊死しようとした人間の傍《そば》に、別な人間がいたのではないか、という清七の問いに、るいはいぶかった。

「いえ、別に深い意味はねえんでございますが……」

恐縮した清七の代りに、畝源三郎が説明役を買って出た。

昨夜、神田の神社の境内で縊死しそこなった老女は、名をかねといって、同じ神田の伊勢屋という質屋の主人半兵衛の実母だという。

「清七が不審に思ったのは、おかねと申す老女に、死ぬ理由がないことです」

伊勢屋は先々代からの質屋で裕福だという。

地所も家作《かさく》もかなりあるし、質屋稼業も順調であった。おかねの配偶者であった先代の藤兵衛というのは、十年ほど前に卒中で死んでいたが、息子の半兵衛は町内でも評判の孝行息子で、おかねの隠居としての日常はなんの不自由もなく、月に一度、信心で出かける目黒の不動尊詣での他は、たまさかの芝居見物ぐらいで、穏やかな日常を送っている。

「でも、お金があっても、体がよわいとか、不治の病を背負ってってなことで、世をはかなむっていうのもございますよ」

お吉が口をはさんだ。

「そいつも、おかねのかかりつけの医者にきいてみたんですが、伊勢屋の隠居は丈夫なたちで、めったに風邪もひかねえ。なにしろ、心の臓が人並み以上、強いから、おそらく八十、ひょっとすると九十ぐらいまで長生きするんじゃねえかというんです」

大体、おかねの血筋は長命で、母親も九十一まで生きたし、一人いる姉が七十で、まだ矍鑠《かくしゃく》としているという。

「おいくつなんですか、その伊勢屋の御隠居さん……」

るいが、いくらか苦笑まじりに訊いた。

「六十一だそうですよ。まだ歯もよくて、なんでも食べるし、耳も眼もしっかりしたもんだそうで……」

年よりが元気なのは、めでたいことに違いないのに、語っている清七の言葉尻に、なにかくすぐったいようなものがある。

「そんなにお元気でしっかりしてなさるんじゃ、お嫁さんはたまらないんじゃありませんか、どうなんです。嫁と姑の折り合いが……」

いいところへ、お吉が眼をつけた。清七がちょっと小鬢《こびん》に手をやった。

「おっしゃる通り、嫁と姑の仲は、うまく行っちゃあ居りませんでした」

清七は、居りませんでしたと過去形でいっておいて、すぐに補足した。

「実は、半兵衛の女房は、昨年の冬に夫婦別れをして居ります」

「夫婦別れ……それはお姑さんがもとで……」

「まあ、世間じゃそういっています。けれども、それを苦にして首くくりをするには、ちょっと時期が遅すぎます」

夫婦別れをしたのは昨年の十二月、ざっと一年近く前である。

「それに……半兵衛の女房が離別になったきっかけは……その、姑が無理に別れさせたというんじゃありませんで……つまり……男とかけおちをしたんだそうです」

清七はよくよく律義者とみえて、他人の色恋を語るのに、ひどく照れた。

二

清七は、どちらかというと口が固くて、伊勢屋の内情について、あまり深くは話さなかったが、それでなくとも好奇心は人一倍のお吉が忽ち、探り出して来た。

「半兵衛って人のお内儀《かみ》さんはお柳さんっていうんです。相手は伊勢屋の奉公人で喜三郎、お内儀さんより一つ年下で、色は黒いけど、ちょいとした男前だったそうですよ」

伊勢屋の若女房と奉公人の仲は、かけおちするだいぶ前から近所の噂になっていて、姑にいびられたお柳が外で泣いているのを、喜三郎がなぐさめているというような光景を、よくみかけたものだという。

「自分の母親をおさえ切れなかったのは、だらしがないかも知れませんが、半兵衛って旦那さんもなかなか、よく出来た人のようですよ」

女房が奉公人と不義を働いてかけおちしたのだから、武家でいえば、二つに重ねて成敗してもというところを、非は自分にもあるのだから、すぐに女房を離別し、喜三郎という奉公人には暇を出すことにして、二人が先々、夫婦になるのは勝手と、度量のあるところをみせた。

「もっとも、二人はかけおちして行方が知れませんので、そういう旦那の処置は、お内儀さんの実家と喜三郎さんの親のところへ知らされたそうですけどね」

一つには、ことが大きくなると伊勢屋の暖簾《のれん》に傷がつくと考えて、親類などが工作したのかも知れないとお吉はいった。

実際、そういう例は世間にままあることであった。

「なまじ、しっかり者できつい母親を持つと息子は苦労しますねえ」

お吉の感想はそれだけで、老母の縊死未遂については、うやむやに話が終ってしまった。

事件の夜から三日目に、その伊勢屋半兵衛が「かわせみ」へ礼にやって来た。

客間へ通し、るいが逢ってみると、中肉中背の眼鼻立ちのきりっとした、なかなかの美男である。るいにも、茶を運んできたお吉にも、丁寧に手を突いて礼をのべた。

「もっと早くにお礼に参上致すところでございましたが、あの夜、母が腰を強く打ちまして、熱を出し、手前が家をあけることを心細がったり致しましたので……」

礼に来るのが遅くなったことを詫び、手土産として、るいには菓子を、お吉には別に反物のような包を差し出した。

「御丁寧なことで、かえって痛み入ります。私どもがお助け申したといっても、本当のところは、枝が折れて、いってみれば御隠居様の御運がお強かったからのこと……それで、御容態のほうは如何でいらっしゃいますか」

るいの視線を受けて、半兵衛は眩しそうにうつむいた。

「おかげさまで、今朝より平熱に戻りました。お医者の話では、打ち身のほうも、もう心配はないとのことで……」

ただ、なぜ母親が死のうとしたのか、その理由が未だにわからないのが不安だと、半兵衛はいった。

「お母さまは、なにもおっしゃいませんの」

相手の若さに、るいの母性がちらとのぞいた。

「申しません。手前がいくら問うても、ただ、すまないと手を合せるばかりで……」

かすかに嘆息を洩らし、半兵衛は寂しげに微笑した。

「手前の未熟故に、家内を離別致しましたこと……母は心を痛めているのかも知れません。決して、母の所為《せい》ではございませんが、世間様はいろいろにおっしゃいます。心ない噂が、手前の知らぬ中《うち》、母の心を傷つけていたものかも知れません」

ふと顔をあげて、黙ってみつめていたるいをみると、どぎまぎしたように居ずまいを直した。

「おやさしさに甘えて、つい愚痴を申しました。お恥かしいことでございます」

再び、腰を低く挨拶を重ねて、半兵衛は帰った。

「よく出来たお方じゃありませんか。お若いのに……又、いい男ですねえ」

るいと一緒に玄関まで送ったお吉が、居間へ戻ってくると、早速、感動した。

「あんないい御亭主がありながら、いくらお姑さんと折合いが悪かったにせよ、奉公人とかけおちするなんて、お内儀さんがどうかしてますよ。そりゃ、少々、気が強くて、意地が悪かったにせよ、ご主人の母親なんですからねえ。ご主人を大事に思うなら、我慢のしようもあったでしょうに……」

前に、自分の母親を抑えられないような男は頼りないといったのを忘れたように、お吉は俄然、半兵衛贔屓《びいき》になってしまった。

「そうか、あの色男、かわせみへ来たのか」

このところ、るいの眼病を心配して、連日、やってくる東吾が、るいから話をきいて笑った。もっとも、るいの眼のほうは、すでに痛みもなく、日に何度か洗って、紅絹《もみ》の布でおさえているだけだから、東吾の見舞はむしろ、るいに逢いにくる口実のようであった。

「伊勢屋の亭主、まるで歌舞伎役者にしてもいいような優男《やさおとこ》だったろう」

「御存じですの」

「源さんと清七に誘われて、それとなく首実検に行った……」

「まだ、なにか、疑わしいようなことでもございますの」

るいが眉《まゆ》をひそめた。

「いや……ただ、清七はどうも気にしているようだ。岡っ引の勘という奴かな」

「死ぬ理由がないってことですか」

「そのようだ」

「理由は、ちゃんとあるじゃございませんか。半兵衛さんもいってました。お内儀さんを離別したことを、おっ母さんは自分のせいだと思って、悩んでいるんですって……たしかに、お内儀さんが不義を働いたのは、お姑さんの嫁いびりに耐えかねてのあげくだそうですから、おっ母さんが後悔するのも無理じゃありませんでしょう」

るいは、少々、むきになった。まだ、どこかに少年の面影を残しているような半兵衛がしょんぼりとうなだれていた姿が眼に浮ぶ。

「そんな話までしたのか」

東吾が笑った。

「男でも、女でも、身の上話をはじめた時は、相手に気がある証拠だそうだ」

「馬鹿ばっかし……」

流石《さすが》に、るいは赤くなった。

「こんな、俄かめくらのお婆さんに、冗談もいい加減にして下さいまし」

「女の眼病みは色っぽいもんだ。そうやって紅絹の布で眼を拭いているところなんぞ、つい、むらむらとしてくるからな」

思いきり、るいは東吾の太股をつねった。その手を摑んで、東吾がひきよせる。いってみれば痴話喧嘩で、宵の中だというのに、ひっそりしてしまったるいの部屋には、お吉も番頭の嘉助《かすけ》も、すっかり心得て近づかない。

すっかり秋になった夜空に、今夜は細い三日月がかかっていた。

伊勢屋の事件はそれっきりになった。

秋は日一日と深くなり、るいの眼も二週間ほどで元に復した。

大川端の芒《すすき》に吹く川風が冷たく感じられるようになった或る日、若い娘が「かわせみ」に宿を求めて来た。

「どう致しましょう、お嬢さん……」

一応、あがりがまちに待たせておいて、嘉助がるいの意向をききに来たのは、女の一人旅ということの他に、如何にも田舎くさい、貧しげな身なりが、果して泊めてよい客かどうか危ぶんだからである。

もともと、十組も泊めるのがせいい一杯の小さな宿屋である。はじめての客で、ちょっと身許の知れないような場合、まず、断るのが常だったが、嘉助が迷った理由は、

「もし、お宿が願えなければ、ほんの少しこちらのご主人にものをおうかがい致したいのでございますが……」

と娘がいったせいである。粗末な木綿物ながら小ざっぱりした娘の仔細《しさい》ありげな様子が、元、捕方《とりかた》だった嘉助に興味を持たせたこともある。

るいが玄関へ出てみると、成程、嘉助のいう通り、田舎娘ながら、利発そうな、よい眼をした客である。あがりがまちに、うつむき加減に腰かけていたのが、るいをみると緊張して立ち上り、いくらか頬を染めてお辞儀をしたのが初々しい感じであった。

「お宿は致します。私になにかお話があるそうですが、おいそぎでなければ、まず、お風呂でもお召しになって、それから、お部屋までうかがいますが……」

宿屋稼業に馴れたつもりでも、つい、育ちで、るいは折りめ正しい物言いをする。娘は更に赤くなり、たて続けに頭を下げた。

お吉に部屋へ案内させ、風呂が終って、膳が下った頃を見はからって、るいは宿帳を持って、娘の部屋へ行った。

娘はきまり悪そうに筆をとった。みていると、住いは川越で、名はとみと、稚拙ながらしっかりした字で書いた。

「お一人で川越からお出でになったのですか」

と、さりげなく、るいは話の端緒を作った。

「はい……」

とみは両手を膝の上で握りしめるようにし、すがるような眼をあげた。

「わたし、田舎者で、上手に話せません。はじめてお目にかかるお方に、無躾《ぶしつけ》とは思いますけれど……」

在所訛りのたどたどしい言い方で、突然、いった。

「わたし……神田の伊勢屋さんに奉公していました喜三郎という者の、身よりでございます」

るいは思わず小さく声をあげた。

「身よりとおっしゃると……」

反問すると、とみはかわいそうなほど赤くなった。小さな声で、子供の時からの許嫁《いいなずけ》だと答える。るいは途方に暮れた。

喜三郎といえば、伊勢屋の女房とかけおちした相手に違いない。そんな男に、在所で待っている許嫁がいたとは予想もしないことであった。

「わたし……喜三郎さんを探しに江戸へ参りました……もしかすると、あの人は殺されたんじゃないかと……」

三

夜更けまで、とみと話し込んで、るいは翌朝、嘉助とお吉に、自分が帰ってくるまで、とみを決して外に出さぬよう、とみから眼をはなさないようくれぐれもいい含めて、慌しく「かわせみ」を出た。

訪ねた先は、八丁堀の畝源三郎の役宅で、本当は誰より先に、東吾に話したかったのだが、なまじ他人でなくなっている間柄だけに、東吾が居候をしている兄の神林通之進《みちのしん》の屋敷にはこっちから訪ねて行くのがはばかられた。

まだ出仕前の時刻で、源三郎はいた。ざっと、るいの話をきいて、

「少々、お待ち下さい」

自分で東吾を呼びに行ってくれた。無論、東吾とるいの仲を知っていて、気をきかせたものである。

「変な奴が、とび込んだそうだな」

東吾は着流しで、余程、いそいで来たらしく、浅黒い額《ひたい》に汗を浮べていた。男の肌に光っている汗をみただけで、るいは体が熱くなった。このところ、東吾に久しく抱かれていない。

「あの、これをみて下さいまし」

眼のやり場がなくなって、るいは帯の間から手紙を出した。喜三郎から、とみに宛てたもので、日付は昨年の十一月の末になっている。

「伊勢屋の女房とかけおちする前だな」

文面は、いわば別れ話だった。

子供の時からの許嫁だったが、今までの縁はなかったものとして諦めてもらいたい。自分のような男は思い切って、どこかに良縁を求めてくれということが、やや、くどく述べてある。具体的に名前はあげてないが、自分は或る女に心を奪われて、どうにも抜きさしならなくなっている。この道が地獄に続いていようとも、もはやひき返すことは出来ないとも書かれていた。

「伊勢屋の女房のことだろうな」

読み終えて、東吾が呟いた。

「ところで、どうして、とみって娘は、るいを訪ねて行ったんだ」

「伊勢屋の中番頭に定吉というのがいるそうで、それが、いつぞやの首くくりの件を知らせて来たそうで」

すでに、るいから話をきいている源三郎が答えた。

「定吉というのは、喜三郎と同じ在所の者で、喜三郎のかけおちのことも、それ以来のことも、なにかにつけて、喜三郎の母親に手紙をよこしていたそうです」

ともかくも、とみという娘に逢ってみようということになり、東吾と源三郎は、るいと一緒に八丁堀を出た。

よく晴れた朝で、大川端は赤とんぼが群をなしている。

とみは部屋にいた。襖をあけると線香の匂いがする。みると小机の上に位牌をおいて形ばかりだが、線香がたむけてある。

「喜三郎さんのおっ母さんの位牌なんです」

驚いているるいに告げた。

「なくなったんですか」

「今日が百カ日なものですから……」

るいが源三郎と東吾をひき合せると、八丁堀の役人ときいて、いくらか怯《おび》えた表情をみせたものの、とみは、はきはきと問いに答えた。年は若いが、老練な定廻り同心といわれるだけあって、源三郎の口調は役人らしさがなく、どこかあたたかい。

どうして、喜三郎が死んだと考えたのかという問いに、とみは蒼ざめた。

「それは……この一年、待っても待っても、喜三郎さんから音沙汰がなかったからです」

自分のところへ手紙がないのは、その前に縁切り状をもらっているし、他の女とかけおちしたのだから当然といえるが、喜三郎の母親のところにも、なにもいって来ないのは可笑しいととみは訴えた。

「喜三郎さんは母一人子一人で、そりゃ親思いの人でした。それまでは月に一度や二度は必ず便りがあったのですし……」

「母親がお前に内緒にしていたのではないのか。息子がお前を裏切った手前、手紙が来ても、お前にそうと打ちあけるわけには行かなかったとか……」

「いいえ……」

とみは激しく否定した。

「おっ母さんは毎日毎日、そりゃあ喜三郎さんのことを案じていました。いっそ、江戸へ出て、行方を探したいとも……」

もともと、あまり丈夫なほうではなかったのが、心痛のあまり、食も進まなくなり、眠りも浅くなって、夏風邪をこじらせたのがきっかけであっけなく世を去ったのだという。

「息が絶える時も、あたしの手を握って、喜三郎さんを探してくれと……」

もし、喜三郎の行方を知っていて、とみに黙っていたのだとしても、

「人間、死ぬ時にまで、嘘はつけないと思います。おっ母さんは喜三郎さんの行方を知らなかったと思います」

「喜三郎が死んだのではないかと思う理由は、それだけか」

源三郎にいわれて、とみは強くうなずいた。

「おっ母さんは何度も喜三郎さんの夢をみたそうです。夢の中で、喜三郎さんはいつも、泣いていたって……」

蒼白い顔で、とみはほろほろと涙を膝へ落した。

「どうも、あれだけじゃ、たよりにならないな。惚れた男に裏切られて、逆上したのかも知れないが……」

るいの部屋へ下りて来て、東吾がいった。

「そうかも知れません。しかし、奇妙なことがあるんです」

清七にきいたことだがと前おきして、源三郎は続けた。

「今年になって、伊勢屋の奉公人が三人ばかり、急に暇をとっています。その理由というのが、まるで下手な芝居話なのですが……倉へ入ると、なんともいやな気分になるといいまして」

「倉へ……」

「伊勢屋は質屋ですから、大きな倉があるんですな、その倉へ商売物の出し入れで、奉公人も出入りをする。それが、昨年の冬あたりから、なんとも、気味の悪い……どうにもこうにも、ぞっとするような気持になるのだそうです」

「いやっ」

るいが叫び、東吾の背へ顔をかくすようにした。

「馬鹿馬鹿しいといってしまえばそれまでですが、あまり、そういう話をきくもので、清七も気になって、一度、御用のふりをして伊勢屋の倉をのぞいたそうです」

「やっぱり、ぞっとしたのか」

「胸のあたりが重くなって、気がついたら、背中に汗をかいていたといっています」

「清七が、伊勢屋にこだわるのは、そのせいだな」

東吾が案外、真面目にいった。るいはかすかに慄《ふる》えて、声も出ない。

「清七に、一応、この話をしてみますが……」

とみには、お上のお調べがすむまで、軽はずみをしてはならないといい渡した。

乗りかかった舟で、東吾も今までのように対岸の火事ではすまされなくなった。あらためて、伊勢屋には並々ならぬ関心を持っている松の湯の清七をたずねて、きいてみるといろいろなことがわかり出した。

まず、かけおちしたという伊勢屋の内儀と喜三郎だが、二人が姿をくらましたのを、伊勢屋では昨年の十二月十五日の夜といっているが、家出する二人を近所の者は誰一人、みていない。これは、別に考えれば当然のことで、物見遊山に出かけるわけではなし、かけおちともなれば、人眼を忍び、夜にまぎれて逃走する筈で、伊勢屋をぬけ出す二人をみていたのは中天にかかる満月ぐらいのものということになる。

又、その夜以後、お柳と喜三郎をどこかでみた者も、清七が調べた限り、一人もいないということであった。

それからもう一つ、伊勢屋の姑、おかねの嫁いびりはかなり激しかったようで、奉公人の話では、二人が同衾しているところへ、平気でふみ込んだり、半兵衛を隠居所である離れへ呼びつけて、夜半すぎても帰さなかったり、かなりきわどいいやがらせをしていたらしい。

「まあ、悴の半兵衛が、もっとぴっしゃり、母親をたしなめられりゃよかったんでしょうが、もともと、見かけ通り、気のやさしい男ですし、それと、おかねって隠居は、半兵衛が腹の中にいる時、亭主の藤兵衛が、その、外で浮気をしましてね。そいつがわかると、以来、一つ家に住みながら亭主を寄せつけなかったっていうんです……」

ぼんのくぼへ手をやって、清七は汗を拭いた。

「相当に気が強いな」

東吾が源三郎と顔を見合せて苦笑した。半兵衛の妊娠中というから、今からざっと三十五年前、おかねは二十五、六。いわば女盛りを亭主に許さず過して来たということは、

「他に男でも作ったのか、役者狂いをするとか……」

「いえ、そういうことは全くなかったようで……おかねは半兵衛の前にも二度ほど流産をしていまして、どっちかというとそういうことがうまく行かなくなっていたのじゃないかという奴もいます。とにかく、半兵衛が生まれてからは悴一辺倒で……」

そのかわいがり方は異常なほどで、片時も傍をはなれず亭主に対するような尽し方だったという。

「なにせ、亭主はそっちのけで、もはや浮気をしようが、妾を持とうが、知らん顔の半兵衛じゃねえ、知らん顔の女房といったところですが……」

世間の噂では、半兵衛は女房をもらってからも、三度の飯は母親とさしむかいで食べ、女房は奉公人と一緒だったという。

「奉公人が喋ったんで、世間に知れましたが、ま、なんにせよ、母親が自分のために、父親とまずくなり、女の一生を半ちくな形で終ったということに、悴は責任を感じているようですよ。母親に強く逆らえないのも、そのあたりにわけがあって……」

それにしても、かけおちしてどこかで暮しているると思われる喜三郎を、殺されている

のではないかといい出した娘の出現が、清七を困惑させた。

「どうも殺されたってのは唐突で……二人が世をはかなんで心中でもやらかしたというのなら、まだ、わかりますが……」

そうはいっても、清七は伊勢屋の倉の中が、なんとなく気になるらしい。

「昨年の十二月十五日の夜、二人がかけおちをした日だが、その日、その夜、伊勢屋の様子について調べてもらいたいな、奉公人は店にいたのか、半兵衛やおかねは出かけなかったか、出かけたとすれば、何刻に出てどこへ行き、何刻に帰ったか、出来るだけくわしくやってくれ。念には及ばないだろうが、一つ一つ、必ず裏付けをとっておくように……」

源三郎がてきぱきと指示を与えた。

「それと、半兵衛の親類、知人、近所の者、又、内儀のお柳の実家、縁戚などに、十二月十五日以後、お柳の姿を見た者、消息をきいた者があるかどうか、聞き込みをしてみるがいい」

手配はすんだ。残るのは、「かわせみ」に滞在中のとみだが、これは、るいがそれとなく訊ねてみると、

「お金はございます。これは喜三郎さんがおっ母さんに送って来たお金を、おっ母さんがあたし達の祝言に使うよう、貯めておいてくれたもので……あたしも子供の時から庄屋様へ奉公をしていましたから、そのお給金やらで……」

出来れば無駄に使いたくないといった。

「喜三郎さんの生死をたしかめるために使うのでしたら、おっ母さんも許してくれると思います。でも、あたし、遊んでいては……」

お上が取調べて下さる間、どこにでも奉公して、結果を待ちたいといった。

「出来れば、大勢、お人の集るところがありがたいと存じます。お人が集るところなら、ひょっとして、喜三郎さんの消息でも……」

思いつめているのが、哀れであった。

だんだん、訊ねてみると、とみには早くから両親もなく、頼る親類もなかったという。

「喜三郎さんのおっ母さんが歿《なくな》った今、川越には、なんの未練もございません」

なにもかもひき払って、江戸へ出て来たという。

「どこそことというより、うちがようございます。若い者の眼も届きますし、湯屋ですから人はいろいろとやって来ます」

清七が気さくにいって、やがて、とみは松の湯で働くことになった。

四

前の晩、珍しく聖堂時代の仲間と柳橋へくり出して、屋敷の門限に遅れたのをいい口実に、「かわせみ」のるいの部屋に泊った翌朝、宿酔を吹きとばすように、庭で木剣の素振りをしていた東吾のところへ、清七を連れた源三郎がやって来た。

昨夜、柳橋で一緒だったから、勿論、源三郎は、東吾が今朝「かわせみ」にいることを知っている。

「早いじゃないか」

るいの部屋へ戻って、るいがまめまめしく手拭をしぼって背中を拭いてくれるのを、いささか、友人の手前照れながら、東吾は漸く朝靄の薄くなって行く川面を眺めていた。

「東吾さんもお早いですな」

源三郎が笑った。

「実は、もっと早くに来るところでしたが、これでも遠慮して、見計らって来たのです」

「八丁堀の旦那は粋なもんだな」

東吾は笑いとばしたが、るいは赤くなった顔を桶のかげへかくすようにして逃げて行った。

「どうやら、清七のほうの調べが終りましたのと、ちょっと困ったことが出来ましたので」

お吉が熱い番茶に秋茄子《なす》のいい色に漬ったのを添えて運んで来た。

「伊勢屋の内儀の消息は全くわかりません。手紙をもらった者も、姿をみかけた者も今のところ、一人も居りません。これは、喜三郎も同じです。ただ、この聞き込みの中、内儀の実家で奇妙なことを耳にして参りました」

清七が熱心に語ったところによると、伊勢屋の内儀、お柳の実家では、お柳は喜三郎と共に上方《かみがた》へ行っていると固く信じているという。

「別に、前もってお柳がそういったのでもございません。手紙が来たというわけでもなく、なぜ、そう信じているのかとしつっこく訊ねますと、伊勢屋の半兵衛がそう申したというんです」

「半兵衛が……」

「半兵衛はお柳の実家へ昨年の暮と今年になってと二度、行って居ります。一度目はお柳のかけおちを知らせに行った時で……」

こうなった以上、世間体もあるし、お柳自身のためにも捨てておけないので、とりあえず離縁をしたいから承知してくれと頼んだそうで、

「本当なら、女房が不始末を働いたんですから、その実家に対し、怨み言の一つもあるところを、むしろ、こんなことになったのは、みんな自分が至らないからで、まことに心配をかけてあいすまない、と、そりゃ行き届いた挨拶だったと申します」

親のほうは前々から、娘が姑とうまく行かず、夫婦仲も思わしくないことをきかされていたので、さてこそと驚いたり、恐縮したり、なんとか行く先を探して連れ戻すから、気のすむようにしてくれとまで言ったが、半兵衛は、こうなったからには時期をみて喜三郎とお柳を夫婦にしてやるつもりだし、なまじ、さわぎ立てられると、自分の恥にな

ることだから、もし実家へ帰って来ても、当分、世間へかくし、内緒で知らせて欲しい。決して無分別なことをしないように、くれぐれも頼むと繰り返して帰って行った。二度目に来たのは今年の三月で、親は娘からの音信を今日か明日かと案じていた矢先だった。

「お柳から手紙が来たというんだそうです。上方へ落ちついて、喜三郎と所帯を持ったから、どうか許してくれといって来た。もし、実家で便りでもなさるのなら、居所を知らせようといわれて、お柳の実家では聟《むこ》の手前、教えてくれともいえず、いや、あのような不始末を働いた娘は今日限り義絶する。どこで野垂れ死にをしようと知ったことではないと申したそうです」

するると、半兵衛は、

「お怒りはごもっともですが、やがて、自分も嫁を迎える日もあろうから、その時は義絶を解いてやって頂きたい。上方のほうへは、ほとぼりがさめるまで、当分、江戸へは帰らぬよう申し送ってやりましょう」

流石に悄然として帰って行ったという。

「そんなわけですから、お柳の実家では音信はないが娘は喜三郎と夫婦になって上方で暮していると思い込んで居ります」

「面白いな」

ぽつんと東吾が呟いた。

「それから事件のあった十二月十五日のことでございますが、この日、隠居のおかねは目黒の不動尊へ月詣りに出かけました」

供は中番頭の定吉に、小僧が一人に古くからいる女中がついて、昼すぎに神田を出た。

「目黒村でございますから朝発ちすれば日帰りが出来ますが、年寄のことで、いつも、むこうへひと晩、泊るんだそうで、帰って来たのは、翌日の夕方、これは目黒まで手前が行って調べて参りました。間違いはございません」

残った番頭は近所に家を持っているので、暮六ツ（午後五時）に帳尻を合せると帰り、同じく通いの飯炊きも、半兵衛夫婦の食膳を片づけてから自分の娘夫婦の家へ戻っている。

「従いまして、当夜、伊勢屋に居ましたのは半兵衛とお柳、それに喜三郎の三人とまだ十二歳の小僧の三之助ということにあいなります」

お柳と喜三郎がいなくなったことについて、半兵衛は、その夜、品物を調べることがあって倉へ入り、夜更けて居間へ戻ってみるとお柳の姿もなく、喜三郎もいないのに気がついたが、前から二人の仲は気づいていたことでもあり、やがてお柳が帰って来たら、よく話し合って、喜三郎と手を切らせ、喜三郎には暇を出そうと考えながら、つい、昼の疲れでぐっすり朝までねむってしまった。ところが、朝になってもお柳も喜三郎も帰らないので、番頭を呼び、心当りを探させたが、とうとう二人をみつけることが出来なかったと話している。

「手前はどうも、このあたりにひっかかります」

清七は気がついたように、さめた番茶に手をのばした。

事件の当夜、喜三郎とお柳の他には半兵衛しか居なかったこと。十二歳の小僧は一度眠ってしまえば、余程のことがない限り、眼をさまさない。

「半兵衛がその気になれば、喜三郎とお柳を殺すことも出来たわけで……、それと、わざわざ、女房の実家へ上方から手紙が来たといいに行ったのも、小細工くさい気が致します」

もし、お柳の実家がその所書きを教えてくれといったとしても、あらかじめ適当な土地の名を知らせてやり、そこへ手紙を出して返事がなければ、すでに二人はそこをひき払ったとか、なんとでも嘘はつけると清七はいった。

「そいつは俺も同感だが、半兵衛がお柳と喜三郎を殺したとして、その死体はどうなったと思う……」

東吾が訊いた。

「そのことなんで……」

清七が忘れていた困惑を顔に出した。

「近所ですっかり評判になっちまったんですよ、伊勢屋の倉が可笑しいということで……」

とみを松の湯へおくようになって、とみが若い衆に話したのに、いろいろ尾鰭《おひれ》がついたらしい。

「伊勢屋の倉には幽霊が出るとか、倉の下には人の死骸が埋めてあるらしいとか……どうも、人の口に戸はたてられませんで……」

「清七親分……」

東吾が思いついたようにいった。

「一つ、たしかめてもらいたいことがあるのだが……姑のおかねが月に一度、目黒へお詣りに行く。その供にいつも定吉に女中に小僧一人ときまっていたのかどうか。半兵衛は一緒に行ったことはなかったのか、その点が知りたい……」

成程と、清七は合点した。

「早速調べておきますでござんす」

一足先に清七が帰り、東吾と源三郎はるいの給仕で少々早い昼飯をすませた。ゆっくり大川端を出て神田へ向った。

松の湯の裏口へまわると、若い衆がとび出して来た。

「畝の旦那いいところへ、今お迎えに行くところで……」

伊勢屋半兵衛が来ているときいて、源三郎は東吾と顔を見合せた。

居間で、清七は半兵衛と向い合っていた。

「こりゃ旦那……」

地獄で仏のような表情をする。

「お役人様でございますか、手前は伊勢屋半兵衛と申します」

東吾と源三郎をみて、半兵衛はへりくだった挨拶をしたが悪びれなかった。伊勢屋の倉を正式にあらためてもらえないかと頼みに来たのだという。

「御承知かどうかは存じませんが、先頃より伊勢屋の倉に、奇妙な風評が立って居ります。それも幽霊が出るなどというのは笑ってもすまされましょうが、倉の中に人の死骸が埋めてあるなぞといわれましては奉公人も気味悪がりますし、手前もなにやら不気味で……こんなことがいつまでも続きますと商売にもさわりますし、それでなくとも気の病の母が、なにを考えるか知れません。どうかお上の手で倉をおあらため下さいまして……」

「半兵衛と申したな」

いきなり、東吾が口をはさんだ。

「お前さんの離別した女房が上方にいるそうだな」

半兵衛は用心深く、東吾をみた。畝源三郎のほうは定廻りだから、半兵衛も顔を知っている。返事をためらったのは、東吾が八丁堀の役人にしては身なりが違うと気がついてのことらしかった。八丁堀の同心は正式には着流しに巻羽織、腰には十手があるし、髷の結い方にも特徴がある。

「女房から手紙が来たそうじゃないか。そいつを今でも持っているのかい」

「いえ……」

慎み深く半兵衛は否定した。

「手紙は焼きました」

「焼いた……？」

「母の眼に触れてはいかぬと思いましたし、正直のところ、手前も口惜しゅうございましたので……」

「そうかい、焼いちまったのかい」

不意に東吾が源三郎をふりむいた。

「畝の旦那、伊勢屋の倉をあらためてやったらどうなんだ。この人がいうように、奇妙な噂が立っちゃ、商売もやりにくかろう、人助けだと思って、望む通りにしてやったら、どうだ」

源三郎が苦笑した。

「清七、すぐ人数を集めろ、おそらく地を掘り返すことにもなろうから、力仕事の出来る者を……」

「これからですか」

「日をおいては、又、あらぬ噂が立とう、掘り返して別のところへ埋めたなどと……そうであろう。半兵衛」

首をちぢめて半兵衛が恐縮した。

「人数が集るまで、半兵衛はこの場を動くな。伊勢屋には直ちに張り番を立たせ、店の者といえども、中へ入れてはならぬ」

半刻の後、清七の指図で伊勢屋の倉あらためがはじまった。

倉の中は勿論、荷物を運び出して一つ一つ調べ、床板をめくって、床下の土を掘り、屋根裏にも人がもぐった。

作業は二昼夜に及んだ。その間、伊勢屋の奉公人達は町役人《ちょうやくにん》があずかり、半兵衛はあれ以来、寝ついたきりの母親のいる隠居所につき添っていた。

結果は、なにも出なかった。人間の死骸はおろか、ねずみ一匹出ない。

「旦那、どうも、こりゃあ……」

清七は蒼くなって、汗を拭いたが、源三郎は笑った。

「よいではないか。こちらが疑いをかけたわけではない。伊勢屋の望みにまかせて引受けたのだ」

半兵衛が小腰をかがめた。

「左様でございますとも、二日間の人足代は当然、手前共で持たせて頂きます。まことに御厄介をかけまして……」

ちらと眼をやったのは、そこに中番頭の定吉に支えられるようにしてとみが立っていたからである。半兵衛がとみに近づいた。

「おとみさんとやら、あんたも許嫁にひどい仕打ちをされて、さぞ口惜しかろうが、どうか、わたしに免じて勘弁して下さい。これから先、わたしで出来ることなら、なんなりと力になりますから……」

とみは身悚いし、両手を顔にあてて、むせび泣いた。半兵衛がはじめて荒い声を出したのは、中番頭の定吉をみた時である。

「定吉、お前には今日限り、暇をやります。あらぬ噂を世間様にふりまいて……みただろう、倉の中にはなんにもない。それを土産にとっとと出てお行き……」

あとの始末を清七にまかせ、東吾と源三郎は大川端へ帰って来た。

「倉の床から、なんにも出なかったんですって……」

るいがいきなりいった。

「お吉が毎日、神田まで行って、きいて来たんですよ」

「出るわけがないさ」

負け惜しみでなく東吾はいった。

「床をめくってみたら、床下の土はどこにもここ一年ぐらいの中に掘りおこされた様子はなかった。壁も塗り直したところはなし……」

「じゃ、どうしておあらためなんぞしたんですか」

酒の仕度をしながら、るいもお吉も夢中であった。自分達が失敗したように口惜しがっている。

「倉改めは必要だったんだ。源さん……」

東吾が盃をとり、源三郎をみた。

「質屋の倉の床というのは、案外、汚れているものだな」

源三郎がうなずいた。

「なにせ、いろいろなものが質入れされますからね」

「おとみさん、どうしています」

るいは、それが気がかりのようであった。

「中番頭の定吉が暇を出されたからな。二人して清七のところにいるだろう」

「暇を出されたんですか、中番頭さん……」

「半兵衛は知っていたんだ。とみのところへ定吉がいろいろ知らせていたことを……」

それっきり、男二人は酒になった。女達がなにを訊いても、はかばかしく返事もしない。

夜が更けて、いつもなら、早々に腰をあげる源三郎が悠々と飲んでいる。この分だと、夜っぴて飲みそうな案配である。るいは苛々した。気のきかない人だと腹は立っても、まさか女の口から帰ってくれとはいえないし、もし、そんなことをいえば、東吾に愛想を尽かされそうな気がする。

「いやですねえ、畝の旦那、まだいらっしゃるんですか」

お吉がるいの気持に代って、唇をとがらせた。

夜は三更をすぎたと思われる頃、東吾が盃をおいた。黙って畝源三郎が十手を腰にする。

飲みっぱなしに飲んでいたくせに、二人とも酔っていなかった。

「どこへいらっしゃるんです……」

眉をひそめるるいに、

「明け方、帰る。風呂を熱くしておいてくれ」

東吾は源三郎と出て行った。

星の冴えた夜の道を、男の足だから早い。

伊勢屋の辻に、人影が動いた。

「旦那……」

「清七か……見張りは……」

「ついてます」

「出かけた者は……」

「定吉はあっしのところにいます。そのあとで女中が暇を出されました、やはり、つまらぬ噂をふりまいたというので……」

番頭と飯炊きは帰り、小僧二人は店の二階で鼾《いびき》をかいている。

「それと、隠居のおかねが母屋へ移りました。はなれは寂しいし、女中がいないので……」

東吾と源三郎が同時にうなずいた。

そのまま、足音を忍ばせて、伊勢屋の裏へまわる。倉の屋根が塀の上にみえた。塀のむこう側は庭で、すぐ隠居所のはなれがある。

さくっ、さくっと鍬の音がきこえていた。あたりをはばかるような物音が連続的にきこえてくる。

白い歯をみせて東吾が笑った。

「敵は本能寺だ……」

はなれの床下を掘り返しているところを、半兵衛は清七に捕縛された。床下からは白骨になりかけた死体が二つ掘り出され、お柳と喜三郎であることが確認された。


「やっぱり、殺されていたんですね」

風呂上りの東吾の背へ浴衣を着せかけながら、るいは怯えた声でいった。

「最初から隠居所の床下に埋めてあるって、おわかりだったんですか」

東吾は首をふった。

「そいつがわからねえから、倉の下を掘ったんだ。どこを掘ってもよかったんだが、半兵衛はさかんに倉の下を掘らせたがったからな」

「なぜ、そんなことを……」

「隠居所の床下に埋めた二人を倉の床下へ埋め直すためよ。一度掘って改めたところは二度と疑いはかからない。土は掘り返されて柔かくなっているし、世間の噂やお上の疑いも消えるし、半兵衛の奴、考えたものだ」

明日は大工が入って、めくった倉の床板を全部、打ちつける。倉の床下へ埋め直すのは、今夜しかなかったと東吾はいった。

「しかし、うまく行ったもんだ。これほど、うまくひっかかって来ようとは思わなかった」

「でも、どうして隠居所に埋めてあったのに、倉の中へ入ると清七親分も奉公人も、いやな気分になったんでしょう」

東吾は突っ立ったまま、るいに帯を結ばせていた。

「倉の中で殺したんだ。血のしみが、随分、拭いたんだろうが、残っていたよ、半兵衛はそれをかくすために、いろいろなものをこぼしたり、塗りつけたりして、ごま化していたが……」

質屋の倉の床は汚れているといった東吾の言葉を、るいは思い出した。

「隠居のおかねは、死体は倉の床下にあるとばかり思っていたらしい。毎晩、うなされて、神経的にすっかり参って、首をくくろうとしたんだな」

「他に埋める場所がありそうなもんじゃありませんか、なにもおっ母さんの住む部屋の床下に埋めなくたって……」

東吾がるいを抱きよせた。

「半兵衛はお袋に邪魔されて、女房をずっと抱けなかったそうだ。婚礼をして五年にもなるのに、ほんのかりそめの慌しいちぎりしか知らなかった。お袋も凄いよ。月に一度の目黒詣でも必ず、息子を供にして、決して夫婦二人きりにさせなかったのだから……」

「そんな……」

「半兵衛は女房を殺す前に、はじめてしみじみと抱いたそうだ。夫婦とは、こういうものかと思ったと泣いていたよ」

「やめて下さい……もう、いや……」

るいが東吾にすがりついて、顔を伏せた。

雨戸のむこうは、もうしらじらと明けかかっている。

秋の気配が部屋のすみにひっそりとただよっていた。

風鈴が切れた

一

八丁堀の近くまで用足しに行った女中頭のお吉が、帰ってくるなり、るいの部屋へ走り込んで来た。

「東吾様が風鈴を買っていらっしゃるのを見ましたんです」

橋の袂《たもと》に風鈴売りが出ていて、東吾があれこれ選んで金を払っているのを通りすがりにみつけたという。

「余っ程、声をかけようかと思ったんですけれど、お嬢さんを喜ばせようとなすってるんなら、なまじっかなことをしないで、知らん顔をしてたほうがいいだろうと……」

そのまま急いで大川端へ帰って来た。

「今日は、きっと、いらっしゃいますよ」

お吉は、その風鈴が「かわせみ」へ来るものときめている。

「お屋敷へお持ちになったかも知れないのに……」

るいは一応、お吉の早合点をたしなめたが、甘い期待がなかったわけではない。なにも風鈴が欲しいのではないが、東吾の思いやりが嬉しいのだ。

東吾が風鈴を持って来てくれたら、軒のどこに掛けようかと思案してみたりする。が、その日は夜更けまで待ったが、東吾は来なかった。

翌日も一日、待ちぼうけである。

「どうしちゃったんでしょう、東吾様は……」

お吉は自分がいい出したことだけに、しきりに気を揉んでいるし、るいも、お吉の手前、どうしてよいかわからない。

そんな雰囲気に気をきかしたのか、さりげなく八丁堀へ出かけて行った嘉助《かすけ》が、偶然、畝《うね》源三郎に逢ってきいたところ、東吾は、

「狸穴《まみあな》のほうのお稽古日で、あちらにお泊りになっていらっしゃるそうでございますよ」

ちょうど、お吉が風鈴を買っている東吾をみたという朝からむこうへ行っているという。

狸穴にある方月館《ほうげつかん》という道場の代稽古に、東吾が月の半分くらい、行っているのは無論、るいも知っている。

八丁堀から毎朝、狸穴まで通うこともあるし、むこうへ何日か泊ってくる場合もあった。

「方月館の松浦先生がお具合が悪いそうで……」

方月館の主人である松浦方斎《ほうさい》は直心影流《じきしんかげりゅう》の遣い手だが、すでに六十を過ぎた老年で、殊《こと》にここ数年は脚気《かっけ》の持病に悩まされている。

「あのご病気は、夏がいけないそうでございますね」

嘉助の報告で、

「それじゃ、東吾様、お出でになれないわけでございますね」

お吉がしたり顔でいい、るいも、ほっとした。

「折角、お買いになった風鈴が埃《ほこり》になっちまいますね」

それでも、まだお吉は風鈴にこだわっている。

やっと梅雨の明けたばかりの季節で、大川端から永代橋《えいたい》をみると、如何にも夏らしい入道雲が佃島《つくだじま》の沖まで広がっている。

東吾がやって来たのは、それから更に五日がすぎた宵の口で、一日中、ひどく蒸して、風もないような晩であった。

待ちかまえていたお吉が早速、風呂場へ案内して東吾が汗を流している間に、るいは手早く、膳を用意した。

遠雷がその頃からしきりに聞え出し、東吾が湯上りで、るいの部屋へ入って来た時は大川からの風が吹きはじめていた。

「いよいよ、来るな……」

縁側に立って、手拭で首筋を拭きながら空を眺めている。

風鈴があったら、さぞかし、いい音色で鳴るだろうと思い、つい、るいは口にした。

「風鈴、お買いになったそうですのね」

東吾はあっけにとられたような顔をした。

「珍しいことをなさるから、お吉がみて、いいつけましたの。いったい、どちらへお持ちになったんですか」

本気で詮索するつもりはなかった。そういえば、おそらく、

「あいつはお前のところへ持って来ようと思って買ったんだ」

と、照れくさそうにいってくれるものと思っていた。

「ああ、あの風鈴か」

東吾は思い出したようであった。

「あれは、狸穴へ持って行ったんだ」

「松浦先生のお見舞ですか」

「いや、近所にいる女按摩にやったんだ」

思いがけないことだったので、るいは茫然とした。

東吾の口から、女按摩などという言葉が出てくるとは予想外のことである。

「松浦先生の療治に来ているんだ。女按摩といっても、近頃、はやりの春をひさぐ種類の奴じゃない。細っこい体をしているのに、力があって、ツボを心得ているから、まこ

とによく効くそうだ」

おみつといって、年は二十二だと、東吾がいったあたりから、るいの胸は穏やかでなくなった。

「娘さんなんですか」

悋気《りんき》はするまいと、自制しながら、つい訊ねてしまう。

「女房だ。亭主は船乗りで、長いこと留守にしている。姉さんが一人いて、三味線の師匠なんだそうだ」

「よく、御存じですのね」

「毎日、松浦先生の療治に来ているんだ。家が飯倉永坂町で、姉さんが送り迎えしているが、先生がそれでは気の毒だと、こっちから迎えに行って、送ってやることにしてね、なにしろ、女按摩には惜しいようないい女だから、若い奴をやって間違いでもあってはいけないと、俺が送り迎えをしたりするものだから、いろいろ身の上話をきくことになる」

「それで、風鈴をわざわざ狸穴までお持ちになりましたの」

「よく気のつく女で、先生にあげてくれと、蜆《しじみ》を煎じて来てくれたりするんだ。なにか、礼をやりたいと思って……なにしろ、目がみえないから苦労して考えたんだ」

徳利を持ったまま、黙ってしまったるいに、東吾が怪訝《けげん》な眼をむけた。

「どうしたんだ」

涙ぐみそうになるのを、るいはこらえた。こんなことで泣いては、あまりに子供っぽいと思われる。

「お吉がいいましたの、東吾様、風鈴を持って、おみえになるだろうって……」

うつむいたるいに、東吾が笑い出した。

「馬鹿、そんなことで泣いてるのか、あんなものが欲しければ、明日にでも買ってやる」

「もう、よろしいんです」

「女按摩にやきもちか……亭主があるんだぞ」

「若い御門弟が間違いを起しそうな、きれいな人なんでしょう」

「俺が間違いなんか起すか」

「存じません」

東吾の手が、るいから徳利を取り上げた。

「来いよ」

「いやです」

「馬鹿だな、るいは……」

東吾が腰を浮かすと、るいは立ち上った。なんとなく、男の手をすりぬけてしまう。

「るい……」

「いやです」

つんとそっぽをむこうとしたとたんに、凄い稲妻だった。雷鳴が稲妻を追って大川端に響き渡る。

夢中で、るいは東吾にしがみついていた。男の手が、軽く、るいを抱き上げた。

「粋な雷さまだな、るい……」

男の胸を握りこぶしで叩いていたるいの力も、すぐ弱くなった。

「お嬢さん、大丈夫ですか、凄い雷さま……」

お吉の声が廊下でしたが、返事がないとわかると、すぐ去った。

雷の音も、稲妻も、すでにるいの耳にはきこえなくなっている。

二人が起き上った時には、さしもに凄《すさま》じかった夕立もやんで、雲の切れめから月がのぞいていた。

「風鈴ぐらいで、妬《や》くなよ」

東吾が笑って、るいの頬を突き、るいは真っ赤になって、櫛を拾った。

畝源三郎が、東吾を訪ねて「かわせみ」へ来たのは翌朝で、東吾とるいが、さしむかいの朝飯を終えたばかりの時刻である。

「昨夜の雷は粋だったが、八丁堀は不粋なもんだ」

早速、東吾はあてこすりをいって、るいにつねられたが、畝源三郎は一向に通じない顔をしている。

「狸穴の松浦先生からお使いがありました。手前が奉行所の前で出会いまして……」

話をきいたと源三郎は前おきした。

「女按摩でおみつというのを御存じですか」

茶をいれていたるいが顔をあげ、東吾はいささか慌てた。

「冗談じゃない。風鈴をやったくらいで、ひどいことになるもんだな」

「風鈴がどうかしたんですか」

源三郎がきょとんとし、すぐに話を戻した。

「おみつの亭主の弥吉というのが、昨夜、人を殺したそうです」

「おい、待ってくれ。あの女の亭主は船乗りで……」

「昨夜、帰って来て、女房が間男しているのをみたといいます。それで、相手の男を殺害したようですが……」

「なにかの間違いじゃないのか、おみつは、間男なんかするような女じゃない筈だ」

るいの視線を感じながら、東吾は、つい、いった。源三郎がうなずいた。

「手前はこれから参ります。松浦先生は東吾さんにも来てもらいたいとおっしゃっているそうですが」

二

今日も、朝から暑い日であった。

狸穴までの道中、東吾も源三郎も麻の着物に表まで汗が通った。

方月館へ行く前に、飯倉の岡っ引で、本職は桶屋の仙五郎のところへ寄って様子を訊いた。

「こりゃあ、旦那……」

思いがけず、定廻りの旦那の直々の出役《しゅつやく》に仙五郎は驚いたらしいが、ほっとしてもいた。

「実は、お指図を受けなけりゃならねえことがございまして……」

これから八丁堀まで出かけるところだったという。

「間男して殺されたのが、お寺社の係なんです」

この先に光照寺という真宗の寺がある。

「そこの住職の永善といいますのの、知り合いで、青山のほうの寺の、やはり住職が間男なんで……」

仙五郎がくすぐったそうな顔をした。

「殺《や》られたのは、おみつの家ですが……ちょっと、ごらん下さいますか」

無論、東吾は望むところで、そのまま、仙五郎を案内にして、照りつける外へ出た。

おみつの住み家は、東吾も知っていた。

何度か、狸穴から迎えにも来たし、送ってもやった。

が、女の住いだから、遠慮して、いつも家の前までである。

「これは、光照寺の家作《かさく》でございまして……」

ちょうど寺の裏側に当る。

細い路地を入ったところの三軒長屋で、目と鼻の先に光照寺の墓地がある。

棟続きの長屋で、造りは全く同じように出来ている。

おみつの家は、三軒の真ん中であった。

向って右隣りは路地から一番近いのだが、今のところ空家であった。おみつの家の左隣りには、息子に先立たれた孤独な老女が一人暮しをしている。

「狸穴の草履問屋の隠居ですが、悴《せがれ》が道楽者で財産を食いつぶし、あげくの果てに、吉原の女郎と心中しちまいましてね。店は人手に渡り、こんなところに逼塞《ひっそく》しているんです」

おみつの家へ入る前に、仙五郎がついでのように説明した。

この家だけが入口の格子戸の近くに朝顔の鉢を並べている。

おみつは姉と二人暮しであった。おはまといって三味線の師匠をしている。

「先刻まで、おみつと一緒に番屋へ呼んでいろいろ取調べましたが、姉のほうだけ家へ帰しましたので……」

多分、居る筈だという仙五郎の言葉通り、おはまは入口で声をかけると、すぐに出て来た。

まだ昼間だというのに、酒くさい息をしている。

「あんまりくさくさするもんですから、ちょっと一杯、飲んじまって……」

座布団を勧める身ごなしがひどく色っぽい。

ぞろりとした縞《しま》の単衣は絹物《きぬもの》で、遊芸の師匠にしても、贅沢《ぜいたく》な身なりであった。

「こちらの旦那に昨夜のことを、もう一ぺん、お話し申すんだ」

仙五郎にうながされて、おはまは薄い唇を開いた。

「こんなことになっちまったのも、弥吉が悪いんですよ。おみつは盲だけど、女盛りには違いないんだし、あの器量だもの、はたが放っときゃしませんて」

「よけいなことは、いわなくてもいい。お前の知ってることだけを申し上げるんだ」

叱られながら、おはまが語ったところによると、昨夜、弥吉が半年ぶりで帰って来た時、おみつの部屋に男が来ていた。

良信という青山のほうの寺の住職である。

「前から、おみつを見染《みそ》めて、光照寺の和尚さんを通して、妾にならないかって話があったんですけども、なんたって亭主のある体ですから……」

おみつにその気はなくて、逢ってきっぱり断るというので、光照寺の永善が良信を伴って、この家へきたのが、五ツ半（午後九時）を過ぎていたという。

「良信さんがおみつの部屋へ入って、あたしは永善さんと下で世間話をしてました。そこへ弥吉が帰って来て……仕方がないから、良信さんの話をしたんです。そしたら、いきなり、台所から出刃庖丁を持ち出して、二階へかけ上って……止めるひまもありゃしませんよ」

慌てて永善が二階へ行ってみると、良信は素っ裸のまま、背中から刺されて血だらけになっていたという。

「弥吉はどうしたんだ」

「あたしは下の部屋にいたから見たわけじゃありませんけど、永善さんが大声を出したんで、びっくりしたのか、階段をころげ落ちるようにして外へとび出したそうですよ」

逃げ出した弥吉は、間もなく永善の知らせで、仙五郎のところの若い連中がとんで来て、光照寺の墓地にかくれているのをみつけて、お縄にした。

「弥吉は手むかい致しませんでした。逃げ去るつもりもなかったようで、最初はひどく昂《たかぶ》っておりましたが、今はもう、神妙にして居ります」

東吾が不意に立ち上った。

「二階をみせてくれ」

仙五郎が心得て先に立つ。

狭い階段を上ったところに六畳ばかりの部屋があって、それがおみつの起居していた場所らしい。二階に部屋はそれ一つで、窓の外は屋根で、そのむこうに墓地がみえた。

窓辺に風鈴が下っている。

東吾がそれをみていると、おはまが早速、いった。

「こちらの先生に頂いたといって、それは喜んで居りましたよ。よく、その辺にすわって風鈴の音に耳を傾けていましてね」

意味ありげに眼だけで微笑する。東吾はいささか当惑した。おみつは、どうやら、姉に誰から風鈴をもらったか話しているらしい。

部屋の中には、家財道具らしいものは、なにもなかった。屋根裏部屋のように殺風景で、階下のおはまの部屋がやや悪趣味なくらいに飾りたてているのとは別世界である。古い畳には、血痕があったが、案外少ない。

「寝てるところを殺されて……布団はもう使いものになりゃしませんよ」

おはまは気味悪そうに、両手を袖の中へ入れて眉をしかめる。

「とっても、こんな家に寝られませんから、今夜は光照寺さんのはなれに泊めてもらうことにしたんです」

それをきいて、仙五郎が、にやっと笑った。

「そいつはお前にとっても、和尚にとっても好都合ってものじゃねえのか」

畝源三郎は丹念に部屋をみて、やがて、三人は、おはまの家を出た。

「おはまってのは、光照寺の住職の妾なんです。この辺じゃみんな知ってることですがね」

仙五郎がいい、源三郎が東吾へきいた。

「東吾さんは、おみつという女と親しいんですか」

聞かないような顔をして、ちゃんと風鈴の一件を耳にしている。

「松浦先生の療治に来るのに、三、四回、送り迎えしてやっただけだ」

裏の坂を上ると光照寺であった。

住職の永善は脂ぎった大男で、どうして、こんな男が坊主になったのかとあきれるほど人間臭がぷんぷんしている。

それでも、すっかりしょげているのは、良信が殺されて女犯《にょぼん》の件がばれてしまったからだが、

「その筋には、だいぶ金を使って、きついお叱りだけで済まそうって了見ですから、食えない坊主ですよ」

仙五郎のところへも、迷惑をかけたからと金包が届いたが、

「あっしは突っ返しました。坊主から袖の下をもらおうとは思いませんからね」

そのせいか、永善はかえって居直ったような態度であった。

「たしかに、良信をあの家へ連れて行ったのは手前ですが、それもおみつが逢ってもいというからで……別にとりもちをしたわけではございません」

こんなことになって迷惑をしているといいたげな口ぶりである。

「お前と、殺された良信とは、かなり親しいのか」

東吾が口をはさんだ。

「いえ、まあ、同じ宗旨でございますから、行き来はございますが……」

「良信に弱味でも握られているのか」

永善は坊主頭をふりたてた。

「とんでもない。弱味などとは……」

「そいつはおかしいじゃないか。とりたてて親しくもない、弱味もないのに、どうしておみつを世話しようとしたんだ」

「いえ……」

永善は汗を拭き、肩をすくめた。

「良信は手前が、その、おはまとねんごろなことを知って居りまして、それで……弱味といえば、そうかも知れません。おみつからも、頼まれて居りました。なにせ、眼が不自由でございますから、いつ帰ってくるかわからない亭主では心細くもあったのでございましょう、おはまも心配して居りましたし……」

「いつ帰ってくるかわからない亭主でも、亭主は亭主だぜ。人の女房に不義密通をすすめるとは、どういう了見かね」

東吾に追及されると、永善はむきになった。

「たしかにおっしゃる通りではございますが、おみつは弥吉と晴れて夫婦になったわけではございません」

弥吉がおみつのところへころがり込んだだけで、

「お上にお届けを致して居りません」

「坊主の妾になったら、晴れて、お上へお届けが出来るのか」

今日の東吾は辛辣《しんらつ》で、

「それはそうでございますが……」

永善は、いやな顔をして黙り込んだ。

三

番屋へ廻って、弥吉に逢った。

船乗りにしては、そう体格のいいほうではない。まだ二十五、六だろう、如何にも血の気の多そうな男で、こういうのがかっとすると、なにをやり出すか知れない危うさがある。

流石《さすが》に蒼ざめていて、今朝からなにも食べないという。

「食わなけりゃいけないな。盗人にも三分の理があるというんだ。お前だって、伊達《だて》や酔狂で坊主を殺したわけじゃあるまい。いわば、間男で、女犯の坊主を殺したんだ。お上だって、その辺のところは考えて下さるだろう。あんまり、思いつめるんじゃねえ」

東吾がいうと、弥吉は眼に涙を浮かべた。

「あっしはどうなってもいいんです。おみつがあんなことをしやがるなんて、俺には神も仏もねえんですよ」

女房のために、少しでも金が欲しい、おみつを楽にしてやりたいと思って、人一倍、働いたと弥吉はいった。

「半年も家へ帰れなかったのも、そのほうが銭になったからで……よもや、おみつが間男するような女だったとは、夢にも思っていませんでした」

「お前が帰って来た時、良信は来ていたんだな」

「へえ、おはまの奴が二階へ行こうとするのをとめるんです。様子がおかしいと思って、無理に二階へ上ろうとすると、永善が出て来て、おはまの部屋にひっぱり込まれました」

そこで、はじめて、おみつが良信と逢っていることを知ったという。

「あっしは、もう、かっとして、夢中で台所へとび込んで出刃庖丁をつかんで……殺すつもりはなかったんです。おどかしてやるような気で……」

二階は灯が消えていた。

女の激しい息づかいが聞え、弥吉は逆上した。

「手さぐりで近づいたら、坊主頭が手にさわったんです。あとは夢中で……」

はっとしたのは、上って来た永善が、

「人殺し」

と叫んだためで、

「どうやって階段を下りたのか、墓地でつかまるまで、なにをしていたのか、自分でもよくわかりません」

「お前が、良信を刺した時、おみつはなにをしていたんだ」

「さあ、部屋はまっ暗でしたし、あっしも、わけがわからなくて……」

「おみつは、なにかいわなかったか」

「きいていません」

おそらく仰天して、声も出なかったのだろうと、弥吉はいった。

「とにかく、気をしっかり持つんだな。お前の気持はわかるが、世の中、そう、まっ暗闇ばかりじゃねえ。お上も馬鹿じゃねえ、食うものを食って、しゃんとしていれば、ひょっとしていい知らせをきかねえこともねえんだ」

東吾は、すっかり源三郎のお株をとったようなことをいって、腰を上げた。

源三郎は苦笑してついてくる。

「おみつに逢いますか」

そのおみつは、同じ番屋の別の部屋で、仙五郎の若い連中に見張られていた。

「気が狂ったみてえに泣いてばっかしいるんです」

若いお手先が、仙五郎に眉をひそめていった。

「弥吉とは逢わしたのか」

「へえ、逢わしてくれってききませんので、格子越しに……」

「なにか、いったか」

「おみつは、無実だっていいました。良信とねんごろにしたおぼえはないというんです」

「しかし、弥吉がみたんだ。一つ布団で重なり合っているのを……よがり声まできかれちまって、おぼえがねえもすさまじいな」

あけすけにいい、仙五郎は忌々しそうにおみつのほうをみる。

部屋のすみで、おみつはもう出なくなった声を咽喉《のど》のあたりで痙攣《けいれん》させながら、泣いている。

「ですから、弥吉のほうは相手にしません。むこうへ連れて行ってくれ、顔もみたくないと申しました」

きいていた東吾が、おみつに近づいた。

「俺だ、わかるか」

声をかけられて、おみつは耳をそばだて体を起しかけた。

「神林先生ですか」

「そうだ、神林だ……」

手さぐりで、おみつが東吾にすがりついた。

「きいて下さい。あたし、なんにもしていません。うちの人は、誰かに嵌《は》められたんです。なにかの間違いなんです」

遮二無二、抱きつかれて、東吾は源三郎や岡っ引の手前、いくらか照れた。

「暫く、おみつと話したいんだ」

東吾がいい、源三郎が仙五郎だけを残して若い連中を去らせた。

「落ちついて話をするんだ」

おみつの背を軽く叩いて、東吾はすわり直した。

「お前は良信という坊主を知っていたのか」

「名前はきいていました。姉さんから、その人があたしを妾にっていってることも……ことわったんです。冗談じゃありません。あたしには弥吉さんがいるんですから……」

眼が不自由なために、平素は口数も少なく、低い声で喋るおみつが、我を忘れたように大声で訴えた。

「姉さんが一度だけ逢ってくれって、間へ入って永善さんが困っているから、自分の口から弥吉さんのことを話して、きっぱりことわってくれれば、先方もあきらめるだろうし、自分がついていて、馬鹿なことはさせないからといったんです」

「それが昨夜か」

「はい……」

「くわしく話すんだ。昨夜のことを……」

おみつは首を少しまげ、必死な表情になった。

眼が不自由でなければ、何々小町と呼ばれそうな器量である。どこか寂しいが、それだけに男心をそそるものがある。

女好きの坊主が妾にと執心するのは無理もないと東吾は考えていた。

「日の暮に、姉さんと湯屋へ行きました。帰りがけに良信さんが来るってこと、きかされたんです」

家へ帰って、二階までおはまが連れて来た。

「じっとして待っていろって、下にはもう良信さんが来ていて、永善さんが話をしているから、下りて来てはいけないって……」

おみつはじっと待った。

「随分、長いような気がしました。怖いのと、心配なので……あたし……」

何度も姉を呼び、階下《した》へ行こうかと思ったが、良信に気づかれてはいけないと思い直した。

「その中《うち》に誰かが上って来たんです」

誰、と叫んだが返事がなかった。

「人が揉み合うような気配がして、永善さんの声が人殺しってきこえたような気がします。そしたら、姉さんがあたしの手をとって、こっちへおいでって……」

一度、家の外へ出て、

「危いから、ここにいるようにって……でも、すぐ、又、家の中へ連れて入ってくれました」

そこで、はじめて弥吉が良信を殺したといわれた。

「おかしいんです。あたし、良信さんに抱かれてなんかいません。どうして、弥吉さんが良信さんを殺したのか……」

「人が上って来たといったな」

静かに、東吾は訊ねた。

「お前の体に手も触れなかったのか」

「肩にさわったような気がします。でも、あたし、逃げました……」

「声はきかなかったのか」

「なんにも喋りません」

「男だったんだな」

「ええ」

「眼はみえなくても、匂いはわかるだろう。その男について、なにか気がついたことはないのか」

「夢中でしたから……それに怖しくて……ただ、お線香の匂いがしました」

良信は坊主である。

「上ってきた男が下りて行く足音はきいたんだな」

「はい……」

「永善が人殺しと叫んだそうだが、永善の上ってくる足音はきいたのか……」

「はい……足音がして、すぐ人殺しって……」

「おはまが上ってきたのは、男が下りて行ってからだな」

「それは……わかりません。足音が入り乱れた感じで……あたしも仰天してましたから、気がついたら、姉さんがあたしの手を握ってくれてたんです」

東吾が考え込んだ。

「お前、自分の傍で、人が殺されたら、わかるか……」

おみつがうなずいた。

「わかると思います」

慄えながら、つけ加えた。

「もし、出刃庖丁で刺したなら、血の匂いもするのじゃないかと思うんです」

「しなかったのか」

「はい」

「人が殺された気配は感じなかったんだな」

「はい……」

「弥吉がお前の傍に来たら、わかるか」

それにも、おみつは頰を染めながら、うなずいた。

「わかります。あの人の匂いは、知っていますから……」

「弥吉が部屋に入って来たと思うか」

「いいえ」

「お前が、お前の部屋にいる間に、あそこへ弥吉が来て、良信を殺したとは思えないというんだな」

「はい……」

少し、ためらってから、東吾はおみつを「かわせみ」へ送ってくれと源三郎にいった。

「姉のところへ帰したくないんだ」

おみつも姉の許へ帰りたくないといっている。

「いいんですか」

ちょっと笑って、源三郎は仙五郎へその手配を命じた。

「俺の知り合いの家だ、安心して厄介になっていろ。今夜は俺もそっちへ行く」

東吾にそういわれて、おみつは心細そうにうなずいた。

「奇妙なことになりましたね」

番屋を出て、方月館へむかいながら、源三郎が東吾へいった。

「おみつの話だけがくい違っています」

「源さん、どう思う」

「一つは、おみつが嘘をいっているということでしょう」

弥吉が人殺しをしたのではないと、亭主をかばう気持と、

「やはり、犯されたというのは女としてどうでしょうか」

人の女房の身で、坊主とねんごろにしていたというのは、恥かしいに違いない。かくせるものなら、かくし通したいのが女心だろうと源三郎はいう。

「俺は、あいつの言い分を信じてやりたいんだ」

道のすみに蕎麦屋の暖簾《のれん》がある。看板に信州更科《さらしな》蕎麦所と書いてあった。

幸い、もう時分どきはとっくに過ぎていて、店はすいていた。

「弥吉が二階へ行った時、まっ暗だったといっていたな。暗い中で男と女が抱き合っていた、弥吉は手さぐりで男を捕え、刺したんだ。あとから上って来た永善は、どうして、いきなり人殺しと叫んだのか。暗い中だったんだぜ」

「それこそ、血の匂いとか、前後の様子で判断したのではありませんか。人間は仰天すると人殺しでもないのに、人殺しとどなることがあるものです」

「おはまは、妹が良信の世話になればよいと思っていたのではないのかな。弥吉が稼いでくる銭は知れている……弥吉よりも良信のほうが……」

「しかし、弥吉が良信を殺してしまっては、なんにもならないでしょう。それこそ、あぶはちとらずです」

東吾は汗だらけの顔で腕を組んだ。

「俺はどうしても、ひっかかるんだ」

方月館へ行って、松浦方斎に事件の経過を説明してから、東吾は再び飯倉永坂町へ足をむけた。

どっちにしても、帰り道ではある。

もう一度、現場へ寄ってみたいという東吾へ、源三郎はいやな顔もせずに、つき合った。

流石《さすが》に夕方で、風も出て、暑さもさっき来た時より、よほど和らいでいる。

三軒長屋は西陽の下にあった。

最初の一軒は空家だし、中の家は、おはまが寺のはなれへ移ってしまったらしく、ひっそりとしている。

東吾と源三郎が路地へ入ると、老女が外へ七輪を持ち出して、魚を焼いていた。

一番奥の家の住人らしい。

「狸穴の草履問屋の隠居だといいましたね」

そっと源三郎がささやき、東吾もそっちをみた。成程どこかに大家の隠居らしさが残っている。路地へ入って来た二人を、ちらとみた眼も昂然としていた。

「ちょっと、ものを訊ねたいが……」

東吾が近づいた。老女は黙って、眺めている。神経質そうな眼の色であった。

「昨夜のさわぎは、知っているだろうが」

老女が肯定した。

雷が鳴って、風が出て、やっと涼しくなって来たと思いながら、うとうとしていると、下から伊之助が上って来て、隣りがさわいでいると教えた。

「伊之助……」

東吾が源三郎をみた。仙五郎は老女を一人暮しと教えた筈だ。

「孫が来ていたんですよ。日本橋のお店に奉公しているんですがね、親の祥月命日で昨日夕方から、帰らしてもらって、今日、又、日本橋へ帰ったんです」

孫の話をする時だけ、口調が柔かくなった。

奉公しているのは、日本橋の海苔《のり》問屋だという。

「世が世なら、奉公人を使う店の主人になる子なのに……」

「いつも、二階に寝ているのか」

「二階のほうが、いくらか凌《しの》ぎやすいんですよ」

近所とは全くといってよいほどつき合っていない。

「零落《れいらく》した隠居と思われるのは、いやですからね」

老女の愚痴をいい加減にして、東吾と源三郎はおはまの家の戸をあけた。誰もいない。

東吾はまっすぐに二階へ上った。

しめっきりになっているから、むっとするほど暑い。窓をあけた。窓の下が階下の屋根で右隣りとも左隣りとも続いていた。屋根の上を歩いて行く気になれば、身軽な者なら往来出来ないことはない。

窓から顔を出してみて気がついたことだが、左隣りの老女の部屋と、この部屋は近かった。窓が同じ側についていて、顔を両方から出せば、らくに話が出来る距離である。

「窓があいていれば、かなり話し声がきこえますね」

それにくらべて、空家のほうは少し距離があった。

窓と窓が、かなり遠い。

「空家に入ってみますか」

隣りへ行ってみて、そのわけがわかった。入口も似たりよったりだし、二階への上り口も二階も同じなのに、その空家だけは階下が二部屋広かった。

階下の広さだけ、二階が隣家とはなれているわけである。

「この家には人が居ないわけだな」

東吾がいった。

「もし、眼のみえない者が、この家の二階へ連れて来られたとしたら、ここが自分の家だと思い込んで、すわっていたとしたら、どうだ」

「おみつが昨夜、ここに居たということですね」

源三郎も考えていた。

「わかりませんが、盲人というのは、別な感覚があるでしょうから……」

別にいった。

「東吾さんは、光照寺の住職とおはまが仕組んで、弥吉に良信を殺させたと考えているんですか」

「永善に、良信を殺さねばならない理由があればの話だ。それと、そうするには、弥吉が昨夜、帰ってくることを、あらかじめ、おはまが知っていなけりゃならないことになる」

空家を出て、もう一度、おはまの家へ戻った。

「では、永善に良信を殺す理由があり、おはまが弥吉の帰ってくるのを知っていたとしましょう。いったい、どうやったと思いますか」

「弥吉が帰って来た時に、良信は二階にいたんだ」

「おそらく、おみつに逢わせるといって永善がここに誘い出したんだろう」

「それはわかります」

「弥吉が帰ってきた。おはまが二階にやらないようにとめ、弥吉があやしんで、永善が出て来て、弥吉をともかくも、おはまの部屋へ連れて行った。ここで永善が弥吉に、おみつと良信の話をしたといったな。それから、弥吉が出刃庖丁を持って二階へ行って、暗闇の中で男女の睦《むつ》み合っている声をきいて、逆上し、良信を刺した……」

「そのためには、おみつは二階に居なければなりませんね」

おみつがいなければ、良信は二階に一人で待っていたことになる。

「灯が消えていたのも、不自然ですし、女と抱き合っていたからこそ、弥吉が逆上したわけでしょう」

「そりゃあそうだ」

ふと、東吾の眼が風鈴で止った。窓から風が吹きこんでいるのに、音がない。近づいて、東吾はその理由を知った。

風鈴には、玉に下っている短冊がなかった。短冊が風に揺れて音を出す仕組みの風鈴は、短冊がなければ鳴らない。

ている。

「切れたんですか」

「まだ新しいんだ。古くなって切れたんじゃない」

糸から力まかせにひきちぎったようであった。風の中で、風鈴はひっそりと軒に下っている。

四

いくつかの聞き込みを、源三郎に頼んで、東吾は大川端へ帰った。

おみつは、「梅の間」に通されていた。

「先刻、狸穴の親分の若い者が、畝の旦那のおいいつけだといって連れてみえました」

嘉助がいい、東吾はるいの部屋へ行かず、梅の間へ直行した。

おみつはしょんぼりとすわっていたが、東吾の足音で、もう、腰を上げかけている。

梅の間に、るいが居た。

「晩餉をおすすめしたんですけれど、神林先生がおみえになるまではって、おっしゃって……」

これが、例の女按摩だと、るいも気がついているようであった。が、東吾はるいの思惑を気にしなかった。

「お前、昨夜、姉さんと湯屋へ行って、家へ帰って来た時、なにかおかしいと思わなかったか」

いきなり訊かれて、おみつは不安そうであった。

「たしかに、お前の部屋だったと思うか」

湯屋から帰って来て、良信を待っていた部屋である。

「はい」

不安そうなまま、おみつがうなずいた。

「どうして、自分の部屋だとわかるんだ。もしかすると、隣りの空家の二階だったかも知れないんだぞ」

「そんなことはございません」

きっぱり、おみつがいった。

「風鈴が鳴って居りましたもの、私の部屋に間違いありません」

「風鈴……」

るいが東吾をみつめ、東吾はちょっとひるんだが、すぐにいった。

「風鈴の短冊が切れていたぞ。いつ、切れたんだ」

「短冊……」

「あいつが風に揺れて風鈴が鳴る。短冊がなかったら、鳴らないんだ」

「鳴っておりました。午後に松浦先生のところへ療治に行く時も……」

療治から帰ってきた時は、入口で姉が待っていて、そのまま湯屋へ行った。

「でも、湯屋から帰って来た時は、ちゃんと鳴っておりました」

さわぎが起ってからは二階へ行っていないとおみつはいった。

「姉さんと外へ出て、それからあとは姉さんの部屋にいて、そのあとは番屋へ行き……」

東吾が考え込んだ。

弥吉が良信を刺したのは、布団の上である。良信はそこで死んだ。窓から逃げようとして争った形跡はない。弥吉も階段から外へ出ている。

短冊が切れるような場合が思いつかない。なにかのはずみで切れたにしてはおかしかった。短冊を力一杯ひっぱれば、糸が切れるよりも風鈴自体が軒から落ちそうに思えた。

あれは、短冊の糸を持って、千切った痕である。

「あの風鈴のことで、なにかないか、なんでもいい、思い出してみてくれ」

東吾にうながされて、おみつはすぐ答えなかった。少し、ためらって遠慮そうにいった。

「お隣りのおていさんにいわれたことがあります。風鈴の音がうるさくてねむれないと……」

東吾は驚いた。風鈴の音は涼をさそうという、その音を嫌う女も世の中にはいたのだ。

「あの人は、いつも苛々《いらいら》してましたから、つらいんだと思います。立派な大店《おおだな》の御隠居さまが、零落して、あんなところで暮しているのですから……」

今までにも、雨戸のしめ方が響くとか、始終、叱言《こごと》が絶えなかったという。

「大方のことは、いわれる通りに気をつけていました。でも、風鈴だけは、あたしの楽しみでしたから……」

「風鈴の音の苦情を、お前は誰かに話したか」

「いいえ、誰にも……」

「もう一つ、弥吉はいつも不意に帰ってくるのか、それとも……」

「品川に船が着くと、すぐ人にたのんで帰る日を知らせて来ました。荷揚げに二日くらいかかって品川にいますけれど……不意に帰ったのは、今度がはじめてです」

東吾は梅の間を出た。

「嘉助をかしてくれ」

ついて来たるいにいう。

「今夜、あの女を泊めてやってくれ」

嘉助を連れて、慌しく「かわせみ」をとび出した東吾は日本橋へ行った。

「伊之助という小僧が奉公しているんだ。ちょいと、呼び出してくれないか」

道々、大体の話はしてあるから、嘉助は心得て、店の裏口へ廻って行った。待つほどもなく十三、四歳の少年を伴って戻ってくる。

「お前、昨日、親の祥月命日で帰った時、ばあさんからなにか頼まれたろう、かくさず、いうんだ。風鈴の短冊を千切ったのは、お前の仕業だな」

東吾の当て推量に伊之助はうなだれた。

「おばあさんが、音がうるさくて、気が狂いそうだというもんだから……」

「そいつはいいんだ。ちぎったのは、いつ頃だか、おぼえているか」

おみつが療治に出かけてすぐだと伊之助はいった。

「屋根から入って……悪いとは思ったけども、おばあさんがかわいそうだったから……」

「おかげで面白いことがわかった。助かったよ」

嘉助に或ることを頼み、東吾は八丁堀へ帰った。

このところ、外泊続きで、いささか兄の手前、きまりが悪い。

神妙に兄嫁の香苗の給仕で食事をすませ、自分の部屋へ落ちつくと、間もなく畝源三郎が嘉助を伴って戻ってきた。

「どうやら、東吾さんの見込み通りです」

光照寺の永善は金に困っていたという。良信からかなりの金を借りて返済のあてがなかった。

「坊主のくせに、米相場に手を出していたようです」

おみつの世話をしたのも、そのためだし、

「良信を殺したい動機はありました」

「良信の死体はあらためて来ただろうな」

「勿論です。突き傷は背中から二つ、その他に首をしめた痕があります」

「弥吉は良信の首をしめたといったのか」

「おぼえていないそうです。ただ、夢中だったから、なにをしたか自信がないといっています」

「そうだろう」

東吾は嬉しそうであった。

「もう一つ、弥吉は品川からいつものように仲間にたのんで、昨夜、帰ることを知らせています。おはまは誰も来なかったといいますが……隣りの老女が、それらしい使いが来て、おはまにことづけをいっているのをみたと申しています」

「平仄《ひょうそく》は合ったぜ」

東吾は膝を乗り出した。

「永善はおみつに逢わせるといって良信をおみつの部屋へ連れて行った。最初からおはまと組んで、良信を殺し、罪を弥吉にかぶせる気だったんだ」

まず、永善が良信をしめ殺す。弥吉が帰って来て、永善が話をしている間に、おはまが二階へ上って、

「良信の死体と抱き合って、それらしくみせたのはおはまなんだ。そう考えると納得が行く。あの女ならそれくらいの芝居はしてのけるだろう」

逆上している弥吉は、おはまをおみつと思い、手に触った良信を刺した。

「良信が生きていたにしちゃ、あんまり抵抗がなさすぎると思ったんだ。声もあげずに二突きもされるのが可笑しい」

どちらかといえば殺された良信のほうが大男だし、

「争いになれば、血の痕があっちこっちに残る筈だ」

「おみつは、やはり隣家にいたのですか」

それに答えるかわりに、嘉助が手拭にくるんで来た真新しい風鈴を出した。

隣家の空家の押入れにあったという。

嘉助に隣家の家さがしを命じたのは、無論、東吾であった。

「おみつの風鈴の短冊を伊之助が切っていたのを、おはまは知らなかった。別の風鈴でも風鈴の音がしていれば、造作は同じだし、おみつが、てっきり自分の家にいると思うだろうと考えた。悪智恵は、かなりなもんだよ」

湯屋からまっすぐに自分の家と思わせて隣家の二階へ連れて行き、その間に良信を殺した永善と一芝居うって、弥吉を欺《だま》した。

「そのあとで、隣家へ来て、おみつを混乱させるために、永善と二人で、又、もう一芝居うってから、おみつを外へ連れだして、今度は自分の家へ連れて帰った……おそらく、間違いないと思うが……」

「只今、仙五郎がおはまを番屋へ呼んで、責めています」

寺社にも手をうったから、永善をしょっぴくのも時間の問題だといい、源三郎は嘉助から風鈴を受けとって、慌しく狸穴へひき返して行った。

「どうも、今度は、いいように東吾さんにひき廻されました」

玄関まで送って出た東吾に、笑いながらささやいた。

「事件が片づきましたから、なるべく早々に風鈴を買ってかわせみにお持ちになることですよ」

嘉助が傍から小腰をかがめた。

「手前も、それをお待ち申して居ります」

東吾は負けずに、にやりと笑った。

「風鈴は明日、るいと出かけて買ってやるさ。俺はこれから、かわせみへ行くんだ」

夜は、又、ひどく蒸し暑くなりそうであった。

天の川が頭上に白い。

藤屋の火事

一

馬喰町《ばくろちょう》一丁目の旅籠《はたご》、藤屋から火事が出たのは夜明け前で、消火が早かったのと、風のなかったのが幸いして類焼はまぬかれたものの、火元の藤屋は全焼した。

大川端の旅宿「かわせみ」へ、八丁堀同心畝《うね》源三郎から使《つかい》が来たのは、そんなさわぎのあった午《ひる》すぎのこと、馬喰町の火事のことは、「かわせみ」にも届いていた。

「藤屋の客なんでございますが、少々、曰《いわ》くがありますので、こちらへ御厄介になりたいと、旦那の口上で……」

使に来たのは、畝源三郎のお手先をつとめている深川の長助《ちょうすけ》で、朝っぱらから火事跡見物に行っていたものらしい。

「藤屋さんじゃ怪我人が出たんですか」

お吉が早速、訊き、長助が眉をしかめた。

「屋根からとび下りて腰をぬかした客が二人ばかり、奉公人で火傷だの打ち身だのはありますが、これは、たいしたことはございません。かわいそうだったのは、京から着いた娘が一人、逃げ遅れて仏さんになりました」

畝源三郎がやがて「かわせみ」へ同行するのは、その焼死した娘の伴《つ》れだという。

「そっちも、まだ十七、八の娘でして、口もきけねえほど気落ちしています」

長助の話に、るいが指図して離れの部屋を仕度させ、はやばやと風呂もわかしたところへ、源三郎がやって来た。

駕籠から下りた娘は、借着で髪も乱れ、青ざめた顔も手足も煤《すす》けたようになっている。

ともかくも、風呂場へ案内し、るいが新しい下着から浴衣に帯を添えて、お吉に持って行かせ、帳場で一服している源三郎のために冷麦の用意をしていると、なつかしい声が聞えて来た。

「藤屋の焼け出されが、ここの家へ来たってじゃないか」

神林東吾は上布《じょうふ》の着流しで、手に朝顔の鉢を持っている。

「義姉《あね》上の御用で出入りの植木屋のところへ行ったら、あんまり見事に咲いているんで一鉢もらって来たんだ」

紫がかった大輪の花で、

「まだ、当分、次々と咲くそうだ」

るいより先に居間へ行って縁側へおいた。

「暑いさなかに、そんなものをお持ちになって……」

るいは甲斐甲斐しく手拭をしぼって、汗ばんでいる男の顔を拭くやら、団扇《うちわ》の風を送るやらで、少し遅れて入って来た畝源三郎は暫くの間、目のやり場がない。

そこへお吉が冷麦を運んで来て、男二人は早速、箸をとった。

藤屋からつれられて来た娘は、今、髪を洗っているという。

「お幸《こう》というんです。焼け死んだほうはお六《ろく》、父親の違う姉妹でして……」

冷麦をすすりながら、源三郎が話し出した。

「京からの長旅で、昨夜、藤屋へ着いたそうですが……」

「娘二人で、京から来たのか」

「左様です」

「なにかわけがありそうだな」

「江戸にいる、お幸という娘の父親を訪ねて来たようです」

「どこの誰か、わかっているのか」

「当人の申し立てでは、日本橋通町の扇問屋、近江屋彦兵衛ということです」

「近江屋彦兵衛……」

「使をやりましたので、間もなく誰か参ると思いますが、彦兵衛は昨年、病死して居りまして、長女の聟《むこ》が跡を継いでいます」

「成程……」

東吾が箸をおいて麦湯を飲んだ時、嘉助が廊下に膝を突いた。

「近江屋さんの番頭で、喜平治という人が来て居りますが……」

帳場へ行ってみると、近江屋の番頭は出された茶に手もつけず、固くなってすわっている。年恰好は五十七、八、痩せぎすの品のいい男である。

「早速だが、先代彦兵衛の娘が、京から訪ねて来ているが、心当りはあるか」

源三郎に訊かれて、喜平治は沈痛に頭を下げた。

「お幸さんのことでございましょうか」

ちょうど今から十九年前に、先代彦兵衛が近江屋の家督を継ぎ、商用旁《かたがた》、京の取引先へ挨拶に出かけたことがあった。

「御承知のように、京と申すところは、なにかとしきたりが多く、顔出しをしなければならないところがあちこちございまして……」

滞在がけっこう長引いたのだが、その時、宿をしてくれた扇折りの娘でお里というのと彦兵衛がねんごろになってしまった。

「手前の口から申すのもなんでございますが、先代の旦那様も御養子でございまして、なんと申しますか、江戸の店ではなにかとお心に染まぬことが多かったと存じます。加えて、お里さんというのは、大層、おきれいな上に、気持の優しい、心くばりの深いお人でございましたから、旦那様がふとその気になってしまいだったのも無理からぬようで、本気になって近江屋と縁を切り、お里さんと添いとげようといい出されたり致しました」

慌てたのは、供について来ていた喜平治で、

「江戸には二人のお子もあり、今更、とんでもないことだと、旦那様をおいさめ申しまして、無理矢理、お里さんとの仲を割きましてございます」

まとまった金をお里に与え、出入りしていた扇折りの職人と夫婦にすることで、主人の不始末をとりつくろったのだが、

「その時、お里さんはみごもって居りまして、旦那様はさきざき、生まれてくる子供が困ることでもあれば、江戸へ訪ねてくるようにと、証拠の文を書いて、お里さんにおやりになりました」

江戸へ帰ったあとも、喜平治が万事、心得て、京のお里とは音信をとり続けていたが、お里と夫婦になった扇折りの職人が、なかなか気のいい男で、やがて誕生したお幸を我が子のように慈しみ、お里との夫婦仲も落ちついて、その翌年には二人の間に、もう一人、女児が生まれ、漸く、喜平治も胸をなで下した。

「なんと申しましても、先代は御養子でございますし、京での不始末がお内儀さんの耳に入ってはとんだことになります」

が、彦兵衛の内儀のおたきが四年前に病死し、続いて彦兵衛もあの世へ逝った。

「番頭さんは、京の娘さんに会ったことがあるんですか」

傍《そば》で聞いていたるいが訊ね、喜平治はかぶりを振った。

「いいえ、お目にかかったことはございません。手前が京へ参りましたのは、十九年前、

先代のお供をしたきりで……」

　実をいうと、今年の秋には彦兵衛の長女の聟である由太郎が、四代目彦兵衛を名乗って近江屋の相続をするので、

「そうなりましたら、若旦那のお供をして、もう一度、京へ参ることになろうかと存じて居りましたが……」

　そんな矢先に、京からお幸が訪ねて来たときいて、実直な番頭は途方に暮れている。

「いったい、京で、なにが起ったのでございましょうか」

「それは、これから当人に訊いてみるといい」

　源三郎にいわれて、喜平治はたて続けにお辞儀をした。

　間もなく、お幸の身じまいが出来て、離れの部屋で番頭と対面ということになり、喜平治の頼みもあって、源三郎とるいが同席することになった。

　お幸は洗い髪をお吉が器用にまとめて、湯上りの化粧っ気のない素顔に浴衣姿だが、典型的な京美人で、るいすらも、はっとするほど初々しく、色気がある。

「お里さんに、そっくりでございます。お若い頃のお里さんに瓜二つで……」

　向い合った喜平治が忽ち、眼をうるませ、お幸は神妙に手をつかえた。

「はじめてお目にかかります。うちがお幸どす。何分、よろしゅうおたのみ申します」

　大事そうに取り出したのは、十九年前に彦兵衛がお里へやった文で、いつでも江戸へ訪ねて来いと書いてあるものである。

「お里さんはお達者で……」

喜平治の問いに、お幸は顔を暗くした。

「二年前に歿《なくな》りました。うちを育ててくれた父さんは、今年の春に……」

両親に死なれ、異父妹と二人きりになってお幸は江戸の父が恋しくなったという。

「妹も、うちと一緒に行くというてくれましたので……」

姉妹二人、思い切って江戸へ出て来たという。

「お前にはかわいそうだが、彦兵衛はすでに他界して居る」

源三郎にいわれて、お幸は茫然としたが、すぐに両手を顔へあててすすり泣きはじめた。

「うちは阿呆や。なんで江戸へ出て来たんやろ。江戸へ来なんだら、妹を死なすこともなかったに……」

妹のお六は昨夜の火事で一度はお幸と共に逃げ出したのに、

「大事なものを忘れたというて、火の中へ戻ってしもうて……」

それで焼死したといった。

「大事なものとは、なんだ」

と源三郎。

「うちにはわからしまへん。ひょっとすると、お金のことやったのか……」

京で家財道具を始末して作った路用の金は全部、お六が持っていたらしい。

「うちより、妹のほうがしっかり者ですよってに……」

その妹を失った悲しさがこみ上げて来たのか、お幸は体を折りまげるようにして慟哭《どうこく》した。

夜は、「かわせみ」の心づくしで死んだお六の通夜を営んだ。

源三郎のほうは、喜平治と一緒に近江屋へ行き、若主人夫婦に会ってお幸のことを話した。

若主人の由太郎は、まだ二十七だが、ものわかりのいい好青年で、先代の忘れ形見なら近江屋で面倒をみるのが当然といい、いつでもお幸をひきとる気になった。由太郎の女房のおりきと、その妹のおようは、最初、少々の難色を示したが、やはり、お幸に会ってみたいということで、翌日、改めて喜平治が大川端の「かわせみ」へ迎えに来て、お幸は日本橋の近江屋へ去った。

「大丈夫でしょうかねえ」

自分の着物から帯から、お幸に似合いそうなものを惜しげもなく出してやって、きれいに身仕度を整えさせたるいは、迎えの駕籠がみえなくなるまで立っていたが、居間へ戻ってくると、すぐ東吾にいった。

「たのみの綱のお父つぁんは歿ってしまったんだし、若旦那のお内儀さんにしろ、妹のおようさんにしろ、いわば腹ちがいの姉さんたちでしょう。お幸さんにやさしくしてくれるかどうか」

父親が外につくった妹である。姉たちが歓迎してくれるかどうか心もとないとるいはいった。

「お幸さんが美人ですからねえ」

といったのはお吉で、

「近江屋の娘さんは二人とも、あまり器量よしとはいえないそうですよ。そうなるとねたみってものがありますから……」

本妻の娘よりも、妾腹の子のほうが美人で気だてがいいというのは、騒動の元だと眉をひそめている。

「器量よしは得だな」

ぽつんと東吾がいった。

「どこへ行っても、ちやほやされるし、同情もしてもらえる。お幸が不器量だと、そうは行くまい」

「器量がいいから心配だといってるんじゃありませんか」

るいが異議をとなえた。

「昔の物語にもあるじゃありませんか。落窪物語のお姫様だの、鉢かづき姫のお話だの」

「お幸にも、すり鉢をかぶせておくといい。うっかり、はずすと金銀がざくざく落ちてくるかも知れないぞ」

東吾はあくまでもまぜっかえして、お幸の話はそれきりになった。

五、六日が経って、深川の長助がお幸の噂を、「かわせみ」へ伝えて来た。

「やっぱり、どうも、姉さんたちにいびられているようで……」

店では奉公人同様に追い使われて、食べるものも着るものも女中並みだという。

「若旦那の由太郎さんと番頭の喜平治さんがかばっているようですが、そいつが、かえってお内儀さんの気に入らねえようで……」

近江屋の親類や近所の旦那方が、なるべく早くにいい相手をみつけて、お幸を嫁入りさせる相談をはじめたらしいが、

「それが、また、おようさんの気にいりませんや」

近江屋の次女のおようは十九だが、まだ縁談もない。

「本妻の娘の自分は放ったらかしで、どこの馬の骨ともわからない女の嫁入りの世話を焼くといって、番頭に水をぶっかけたそうですから……」

お幸にとって近江屋は決して居心地のいい場所ではないし、悪いことが起らねばよいがと、るいはしきりに心配したが、赤の他人がどうすることも出来ない。

「せめて、若先生でもいらっしゃれば、若先生から畝の旦那にお話しして頂くんですけれどねえ」

とお吉がいうように、神林東吾は狸穴の方月館の稽古へ出かけていて留守であった。

それから又、五、六日が過ぎて、だしぬけにお幸が「かわせみ」へやって来た。

藤屋の火事で焼死した妹のお六の供養を「かわせみ」でやらせてもらえないかというのである。

お六の遺骨は、お幸が近江屋へ行く時、るいがたのまれて近くの知り合いの寺へあずけておいた。

「初七日の法要もして居りませんので、気になって居りまして……」

「よろしゅうございますとも、それじゃ、すぐ、お寺に使をやりましょう」

女長兵衛のるいのことで、てきぱきと仕度をしているところへ、近江屋の若主人の由太郎がやって来た。

「お幸が御厄介をおかけ致し、申しわけございません。本来ならば、近江屋で法事をしてやりたいと存じましたが、お恥かしいことに手前の家内や妹がどうしても承知を致しませんので……」

自分はお幸と共に、寺へ行って供養をしたいといった。

「お寺へいらっしゃるなら、嘉助に御案内をさせましょう。お帰りにこちらへお寄り下されば、なにか御精進のお膳を用意しておきますので……」

るいの言葉に、由太郎は喜んで、やがてお幸と出かけて行った。

「御養子さんも、らくじゃありませんね。家つきのお内儀さんには頭が上らないし、先代のかくし娘さんには気を使うし……」

お吉は笑ったが、るいは或る不安を感じていた。我儘で気の強い女房をもて余している男と、どこかいじらしく、幸せ薄い娘とが寄り添うように出かけて行った後姿が瞼に残っている。

が、一刻《いっとき》余りで嘉助と共に帰って来た由太郎とお幸は、離れの部屋で、るいの心づくしの膳をかこみ、やがて、別々に近江屋へ帰って行った。

最初の事件が起ったのは、その翌日のことである。

「お幸さんが危く井戸へ突き落されるところでした」

知らせたのは深川の長助で、息子ぐらいの年頃の男が長助について来ている。

通町界隈を縄張りにしている御用聞、伝吉の倅で重吉という若い衆で、親父が卒中で倒れてからは代理でお手先をつとめている。まだ経験不足で、万事に不馴れなので、同じく畝源三郎から手札をもらっているよしみでなにかにつけて長助のところへ相談にやって来ていた。

で、近江屋の、その日の事件は重吉が長助に知らせ、長助が畝源三郎の耳に入れてから「かわせみ」へ御注進に来たというわけであった。

「いったい、なんで、そんなことに……」

るいが訊ね、重吉の話を長助が補足しながら喋り出した。

「つまりは、若旦那のお内儀さんのおりきさんがお幸さんにやきもちを焼いたらしいんでして……」

昨日、お幸が「かわせみ」へやって来て一人で亡き妹の法事を行うつもりだったのを、若旦那の由太郎が、それではあまりかわいそうだと後からやって来て、寺まで一緒に行ったのが、内儀のおりきの耳に入り、かっとなってお幸に手をあげたらしい。

「若旦那がとめに入ると、女房の私よりも、お幸のほうが可愛いのかと食ってかかる始末で、朝から家中がてんやわんやのさわぎだったそうで……」

それでも一度はおりきの気持がおさまって、お幸はいつものように水仕事で井戸端に出ていた。

「女中の話ですと、お内儀さんが血相変えて、井戸端へやって来て、ちょうど釣瓶《つるべ》で水を汲もうとしていたお幸さんを井戸の中へ突き落そうとしたというんです。傍には下働きの女中たちもいて、みんなでお内儀さんを押えつけ、番頭の喜平治さんもかけつけて来て力ずくでお内儀さんを奥へつれて行ったそうですが、そりゃあもう悪鬼羅刹《あっきらせつ》という表情で、みんな慄《ふる》え上ったっていいます」

「なんで、そんな馬鹿なことになったんですか。たかが、法事に由太郎さんが出たからって……」

お吉が唇をとがらせて、長助がぼんのくぼに手をやった。

「お内儀さんの妹のおようさんがいいつけたらしいんで……。その、お幸さんと若旦那が出来ているってなことですが……」

「まさか……」

「近江屋の連中も、まさかといっています。たしかに由太郎さんがお幸さんに親切なのは本当ですが、それはお内儀さんやおようさんが、あんまり邪慳《じゃけん》にするからで、番頭さんや奉公人もかげではお幸さんを気の毒がっていますんで……」

それくらい、近江屋の姉妹の異母妹いじめは激しいという。

「このまんまじゃ、お幸さんの命が危いってんで、今日、番頭さんがお幸さんを近江屋の橋場の別宅へ移したそうです」

近江屋の裏口から駕籠で出て行くお幸を見たという重吉が声をつまらせた。

「駕籠の中から、お幸さんの泣き声が聞えて、見送った女中たちもみんなもらい泣きをしていました。あれじゃ、お幸さんが可哀そうすぎるといって……」

橋場の別宅には寮番の老夫婦がいるだけで、お幸は当分、そこで暮すことになるといった。

「不幸せな人ってのは、どこまで行っても不幸せなんですかねえ」

お吉が呟き、るいも暗い顔でうなずいた。

二

二つ目の事件は、お幸が橋場の家へ移っておよそ一月《ひとつき》後のことであった。

日の暮れ方に、「かわせみ」へ近江屋の由太郎がやって来た。

「お幸は、まだ参って居りませんでしょうか」

歿ったお六の四十九日の法要もしたいし、折入って相談に乗ってもらいたいことがあるので、誰にも知られぬように暮れ六ツ（午後六時）に、「かわせみ」へ来てくれと、お幸からの使が文を持って来たという。

「そういうことでしたら、間もなくおみえになるでしょう」

あいていた離れの部屋へ由太郎を通し、寺へ使を出そうとしているところへ、駕籠が着いた。出迎えた嘉助が驚いたのは、ころがるように駕籠から下りたお幸が浴衣に細帯という恰好だったからである。

お幸は目を泣き腫らしていた。

「おそくなって申しわけありません。出かけようとしているところへ、およう姉さんがみえたものですよってに……」

お吉が離れへ知らせに行って由太郎も帳場へ出て来た。泣き濡れているお幸にわけを訊ねると、

「妹の法事ですよっておよう姉さんからもろうた麻の葉の着物に着かえていたところへ、およう姉さんが来なはって、いきなり着物を返《かや》せといわはりました。あんたのような根性悪には、なんにもやれんといわれて……」

着物は、はぎとられ、仕方なく浴衣に着かえて橋場の家を出たという。

おようが時折、橋場の家に出かけているのを、由太郎は知っていた。

「お恥かしいことですが、手前がお幸を訪ねて橋場へ行くのではないかと、見張りのつ

もりで参っているようでございます」

それを知っているから、商売の帰り道に、どうしているか、お幸の様子を知りたいと思いつつも、一度も訪ねられなかったと由太郎はいった。

「どういう気でしょうか。与えた着物を惜しくなって取りかえすというのは……」

どっちみち、自分の着古しであった。

「うちはやっぱり京へ去《い》のうかと思います。江戸におっては、義兄《にい》さんの御迷惑になるばっかりで……」

おろおろと泣き出したお幸を由太郎が離れへ連れて行き、ひとしきりなだめていた様子であった。やがて、寺から若い僧が来て、四十九日の法要が形ばかりながら終ったのは、夜も更けてからであった。

「今夜はこちらに泊めてもらいます。妹のお位牌とゆっくり話がしたいと思いますよってに」

橋場の家では毎晩、怖い夢をみておちおちねむれもしなかったと涙ぐんでいる。

「それでは、お幸をよろしくお願い申します。手前は店へ帰らねばなりませんので……」

駕籠を呼んでもらって由太郎は店へ帰って行ったのだが、通町の店へ戻ってみると番頭の喜平治が青い顔で待っていた。

「お内儀さんも、おようさんもまだお帰りになりませんので……」

喜平治は店にいて、女二人がいつ出かけたのか全く知らなかったのだが、奥で働いている女中の話だと、おようのほうは日の暮れ方に、

「どこへ行くともおっしゃらずにお出かけなさいました。お内儀さんは杵屋《きねや》のお師匠さんがおみえになってお稽古をしておいでででしたが、お師匠さんがお帰りなすってから、旦那様のことをお訊きになりましたので、御商売のことで、今しがたお出かけのようでございますと申しますと、急に駕籠を呼んで出て行かれました」

女中たちが、どこへ行くのかと訊ねなかったのは、近頃のおりきの機嫌が悪く、迂闊《うかつ》なことをいうと、こっぴどく叱られるのを承知していた故である。

で、触らぬ神にたたりなしで、そっとしていたのだが、夜が更けても帰って来ないので心配になって店にいた番頭にいいに行ったものであった。

「そりゃあきっと、橋場だろう」

すぐに由太郎がいった。先刻、おようがやって来て、着ていた着物まではぎとられたとお幸が泣いていたのを思い出したからである。

「お幸は今夜、大川端のかわせみで妹の四十九日の法事をして、そのまま、あそこへ泊っているんだ。そうとは知らず、女二人でお幸の帰りを待っているのかも知れない」

で、由太郎が番頭を供につれて、迎えに行くことになった。

日本橋通町から浅草まで駕籠をとばして行ってみると、橋場の家は門が閉まっている。

喜平治が門扉《もんぴ》を叩き、声をかけるとやがて留守番の老爺が出て来て門を開けた。

「店からおりきとおようが来ている筈だが」

　というと、きょとんとして、

「そんな筈はございませんが……」

　と曖昧な顔をする。

　日の暮れ前に、お幸から勧められて夫婦で寄席の怪談ばなしを聞きに行き、夜になって戻って来たが、母屋の灯が消えているので、お幸がもう寝たと思い、そのまま、声もかけずに自分たちも寝てしまったという。

　無論、おようが訪ねて来たのも、そのおように着物をはぎとられたお幸が浴衣姿で大川端へ出かけたのも知らない。

　由太郎と番頭が一通り家の中を調べたが、どこにも人は居らず、そのかわり大川へ向いた庭の枝折戸《しおりど》が開けっぱなしになっているのを発見した。

　枝折戸のむこうは堤になっていて、夕涼みのための縁台がおいてある。堤の下は大川であった。

「旦那様、こんなところに、櫛《くし》が……」

　喜平治が拾い上げたのは蒔絵の女櫛で、それはいつもおりきが髪に挿しているものであった。

「やっぱり、お内儀さんはこちらへお出でなすったようで……」

　姿がみえないのは、おりきもおようもどこへ行ってしまったのか。

男たちが途方に暮れているところへ、近江屋から手代がやって来た。

「お内儀さんがお戻りなさいました」

由太郎と番頭が出かけて間もなく、ひどく酒に酔って帰って来たという。

「おようさんのほうは、まだお帰りじゃございませんが……」

ともかくも、店へ帰ってみると、おりきはすでに布団へ入って眠りこけている。部屋中が、むっとするような酒の臭気であった。

由太郎がゆり起《うち》して、おようのことを訊ねても、全く正体がない。

そうこうする中に、やがて夜があけて、今度は橋場から寮番がとんで来た。

近くの川っぷちで、おようの死体がみつかったというのである。

近江屋は蜂の巣を突ついたような騒ぎになった。

おようの水死体をみつけたのは、早朝に釣りに出た舟の船頭で川岸の杭にひっかかって浮んでいるのに気がついて自身番に知らせ、かけつけて来た番屋の若い衆が、おようの顔を知っていたところから、橋場の家へとんで行った。

近江屋からは、昨夜、ろくに寝てもいない喜平治が橋場へ再びかけつけたのだが、由太郎に叩き起されて、妹の変死を聞いたおりきが、とんでもないことを口走った。

「そんな馬鹿な……あれは確かにお幸だったんだから……」

聞きとがめた由太郎が詰問すると、おりきはおろおろして、昨夜、橋場の家へ行って堤の上で夕涼みをしていたお幸をみつけ、かっとして川へ突きとばしたことを白状した。

流石《さすが》に慌ててのぞいてみると川っぷちの浅いところに尻餅をついたような恰好でいるので、別にどうということもあるまいと思い、そのまま、橋場の家を出て、むしゃくしゃするので浅草の小料理屋で酒を飲んで帰って来たらしい。

「冗談じゃない。お前が突きとばしたのは、おようだったんだ」

由太郎にいわれて、おりきは目をむいた。

「いいえ、あれは、たしかにお幸でしたよ。おようがやった麻の葉の着物を着て、お化粧をして、あの子はお前さんの来るのを待っていたんですよ」

「お幸は昨夜、妹の四十九日の法事をするために、大川端のかわせみへ行っている。麻の葉の着物はおようがお幸から取り上げたんだ」

「嘘ですよ、嘘……」

まだ酒の香の残っている唇で、おりきは悲鳴をあげたが、その目の焦点は狂っていた。間もなく、おようの水死体が近江屋へ運ばれて来た。麻の葉の着物を着て、帯はなかばほどけかかっている。

変り果てた妹の姿をみたとたん、おりきは失神してぶっ倒れた。

「そりゃあそうでしょう。人違いとはいいながら、自分の妹を殺しちまったわけですから」

深川の長助が、「かわせみ」へ報告に寄ったのは午すぎで、すでにお幸は近江屋からの知らせで日本橋へかけつけて行ったあとであった。

「それで、近江屋のお内儀さんは、どうなったんですか」

「かわせみ」代表といった恰好で、お吉が訊いた。

「へえ、重吉の奴がお縄にしまして、番屋へ曳いて行きましたんで……」

番屋での取調べが終り次第、伝馬町の牢へ入ることになる。

「なんたって、妹殺しですから、いけませんや」

それでなくても、おりきが異母妹のお幸に冷たい仕打ちをしていたことは、町内に知れ渡っている。

「お上も、あんまりお慈悲はかけねえと思います」

長助の口ぶりもおりきに情がなかった。

「おりきさんにしても、殺すつもりはなかっただろうけれど……」

長助が帰ったあとで、るいが呟いた。行きがかりもあって、「かわせみ」の連中はお幸びいきだが、それでも、思わぬ成り行きに仰天していた。

神林東吾と畝源三郎が「かわせみ」へやって来たのは、その夜で、

「源さんがおりきを調べたんだが、どうも一つ腑に落ちないというんだ」

夕飯はまだだという男二人のために、るいの部屋にはまず酒が運ばれた。

「どういうところがおかしいんですか」

実をいうと、昼間、長助の話を聞いて以来、なんとなく、るいの胸にもひっかかるものがあるのだが、それがうまく言いあらわせないでいる。

「おりきは夕方になって、亭主の由太郎が急に出かけたのを知った。女中に問いただしてみると、どうも、お幸から使が来たらしいとわかったので、かっとなって橋場の家へ出かけて行ったと申します」

橋場の家へ着いて声をかけたが、誰も出て来ない。

「あっちこっち探して、漸く庭から堤の上にいるお幸に気がついて、傍へ行って名前を呼び、由太郎が来ているだろうといったが、返事もしなければ、ふりむきもしない。で、腹を立てて突きとばしたというのです」

顔のみえる近さにいて、おようとお幸を見間違えるものだろうかと源三郎はいった。

「でも、暗かったのでしょう」

「日は暮れていたそうです。ちょうど、夜になりかけの時刻で……」

おまけに、おようは麻の葉の着物を着ていた。

「おりきは、その着物をおようがお幸に与えたのを知っています」

「だったら、うっかり間違えて……」

「おようは、どうしておりきが声をかけた時、ふりむかなかったんですか」

明らかに姉が自分とお幸を間違えているのに気づいた筈である。

「なにがなんだかわからなくて、ふりむく間もなく突きとばされたってことはありませんの」

なんとなく、るいは源三郎の疑問に答える立場になっていた。

「それでは、およようはどうして麻の葉の着物を着ていたのでしょうか」

「それは、およようさんがお幸さんの着ているのをはぎとって……」

「自分が着ていたのを脱いで、わざわざ着かえたんでしょうか」

「それでないと平仄《ひょうそく》が合いませんね」

水死体になっていたおよようは、麻の葉の着物を着ていたし、だからこそ、姉のおりきはおようをお幸と間違えた。

「源さんは、下手人が、るいの考えるように考えさせるために、わざわざああいう手の混んだ真似をしたのではないかというんだよ」

東吾が口をはさんだ。

「下手人ですって……」

小さく、るいが叫んだ。

「いったい、誰が……」

「一人しかいないだろう。おりきは本当に自分が間違えて、おようを川へ突きとばしたと思っている。おりきにそう思わせることの出来るのは誰だ」

「まさか、畝様はお幸さんを……」

肴を運んできたお吉が、るいの言葉で驚いた顔をした。

「ちがいますよ。お幸さんは昨日、うちへおみえになっているんですから……」

「お幸がここへ来たのは、何刻だ」

「由太郎さんのみえたのが暮れ六ツすぎで、それより遅れてお着きでしたから……」

時刻は、はっきりわからないが、夜になってはいた。

「やって出来ないことはないな」

盃を唇から離して、東吾が話し出した。

「源さんと俺は、こんなふうに考えたんだ」

まず、おようが橋場の家へ来たのは、大川から舟ではなかったか。

「おようは時折、そっと橋場の家へやって来て、由太郎が商用の帰りなんかにお幸のところへ寄るのではないかと見張っていたらしい。そういう目的で橋場へ来るのなら、玄関から堂々と入ってくるよりも、川の堤からのほうが適当だろう。とすると、門の近くに住んでいる寮番の老夫婦は、おようの来たことを知らない」

一方、お幸のほうは、その日、おようがひそかにこの家へ入り込んでいるのに気がついた。

「そこで、そ知らぬ顔で寮番夫婦に暇をやって、寄席へ行くのを勧めた。誰もいなくなったところで、ひそんでいたおように襲いかかって、多分、心張棒かなんぞでおようの後頭部をなぐりつけたんだろう」

水死体になったおようの後頭部にはかなりな怪我があったことは検屍の結果、わかっていた。

「気を失ったおようを縛って、どこかにかくしておいて、今度は近江屋へ使をやって由太郎をかわせみへ呼び出す。そのことが女中の口からおりきの耳に入るのを予想してのことだ。おりきはお幸の思惑通り、烈火のように腹を立てて、橋場の家へやってくる。あとはおりきが申し立てている通りだ」

「それじゃ、おりきさんが川へ突き落したのは、お幸さんだったんですか」

「そう考えるほうが自然だろう。おりきが立ち去るのを待って、お幸は堤へ這い上り、それから麻の葉の着物を脱いで、およう に着せ、ひきずって大川へ投げ込む。自分は浴衣に着かえて、かわせみへ行った」

「でも、川へ落ちたのなら、髪が濡れていた筈です」

あの時のお幸の髪は乱れてはいたものの、水に濡れた様子はなかった。

「おりきがいってるよ。自分がお幸を突き落して、のぞいてみると岸辺の浅いところに尻餅をついたような恰好をしていたそうだ。それなら、髪まで濡れることはないだろう」

「でも、どうしてお幸さんが、そんなことを……」

「かわせみ」へやって来た時、いつでもお幸は子供のように泣きじゃくっていた。そんな娘が殺人を企むとは、るいにはどうしても思えない。

「おりきとおようが憎かったんだろう。それに、俺の勘では、お幸は由太郎に惚れている。おりきが妹殺しで死罪にでもなれば、自分は先代近江屋彦兵衛の娘なんだ。由太郎と夫婦になるのも夢じゃない」

そこまで考えてみたものの、

「証拠がないいんだ」

お幸がおようを殺したという証拠が、なにもなかった。

「当て推量だけじゃ、お縄には出来ねえからな」

源三郎が苦笑した。

「お幸を番屋へつれて行って、少々、ひっぱたいて白状させるという手もありますが、どうも、手前は荒っぽいことが好きではありません。もう少し、様子をみてと考えていますが……」

お幸が尻尾をだすかどうか。

「かなり利口な娘と思いますので……」

それでも、るいは半信半疑であった。それほど「かわせみ」での、お幸の印象はいい。

それから更に半月が経った。

江戸は朝夕、すっかり涼しくなって、虫の声が賑やかに聞える夜になった。

近江屋の番頭、喜平治が「かわせみ」へ寄ったのは、お幸の指図で寺へあずけてあったお六の骨箱を取って、近江屋の菩提寺へ移しに行った帰りであった。

「どうにも自分一人の胸にたたんでおくのが苦しくなりまして……」

いっそ、お役人にとも思ったが、流石にその勇気もない。

「大変なことを思い出したんでございます」

お幸が近江屋へ戻って暮すようになってから、或る時、ふと気がついた。

「京のお里さんから、お幸さんが生まれて間もなくの頃に、文を受け取ったことがございます」

たまたま、江戸に用があって出て来た扇職人にことづけたものだったが、

「手前が受け取り、旦那様におみせしてから、又、手前がその文をおあずかり申しました」

先代の内儀に気づかれないためであった。

喜平治にしても、人にみられては厄介な文で、手文庫の底にしまい込んで忘れるともなく忘れていたのだったが、

「これでございます」

二十年近い歳月で、紙は黄ばみ、ところどころが斑《まだら》になっている。

喜平治が気になったのは、その文の中、お幸の容貌などをしたためた部分であった。

赤ん坊のことだから、さきゆき、どう変るかはわからないが、今のところ、父親似で、肌の色が浅黒いのが、女の子だけに気にかかると書いてある。

「お幸さんは色白で、眼鼻立ちはお里さんそっくりでございます。先代の旦那様に似たところは見当りません」

女の子は年頃になると多少、母親に似てくるものだというが、

「色の浅黒い子が、あんなに抜けるほど色白になるものでございましょうか」

そのあたりがどうも心にしこってやり切れなくなったという喜平治の話は、るいの口から東吾と源三郎に伝えられた。

「色黒の子が、色白に化けたか」

二人が顔を見合せた。

「ひょっとすると、源さん、本物のお幸は藤屋の火事で死んだほうじゃなかったのか」

当人が、死んだのはお六で自分はお幸といったから、そのまま、まわりは信じた。

源三郎が藤屋を当ってみたが、これは夜になって着いた上に、女中もどっちがお六でどっちがお幸か、そこまではわからなかったといった。

「その辺から、ちょっと細工をしてみますか」

駄目でもともとという気で、源三郎が芝居を書いた。

近江屋へ京の扇職人から手紙が届いた。所用があって江戸へ行くのでよろしくというもので、職人の名はお六の亡父の知人であった。

手紙が着いた夜から、近江屋には張り込みがついた。

お幸がひそやかに近江屋の裏口から姿をみせたのは、二日目の夜であった。

みるからに重そうな包を抱いて、一目散に町を走り抜けて行く。

加減をみはからって、東吾が背後から声をかけた。

「どこへ行くんだ。お六」

娘の足がぴたりと止った。月光の中の顔は色を失って、唇がぶるぶる慄えている。

町の辻から源三郎も姿をみせた。

すくんだようになっている娘をうながして、そこから遠くない船宿に用意させてあった猪牙《ちょき》に乗る。竿をとったのは、長助のところの若い衆で、本職が船頭である。

「お前、案外、気が小せえんだな」

舟が流れに乗ってから、東吾がうつむいている娘にいった。

「京から知り合いが来れば、お前がお幸でなくてお六だということは、ばれる。しかし、それだけなら若い娘の出来心で、お上の御慈悲もあるだろう。近江屋から金を盗んで逃げ出したとなるとそうは行かない」

お六が、それで気がついたように抱いていた金の包を前へおいた。いくらか落ちついた視線が東吾へむいた。

「もう、やけくそやと思うたからです」

ぽろぽろと涙をこぼして、お六は十七、八の娘の表情になった。

「由太郎さんは気の弱い人やから、うちが火事で姉さんの死んだのをいいことに、姉さんになりすまして、近江屋の娘になろうとしたと知ったら、それだけで腰をぬかしてしまいます。そないな性悪の女子《おなご》を女房にしようとは決して思いません。うちの夢はもう消えてしもうたんです」

「それで、金を持ち出して逃げようとしたのか」

「うちは阿呆どす。逃げて行くあてもないのに……けど、他にどうしてええのか、わからんかったんです」

泣いたのは束の間で、お六の涙はもう乾いていた。

「不運に生まれついたもんは、なにをやっても運がないいうのは、ほんまのことですね」

子供の時から運のない子といわれたとお六は喋り出した。

「器量がええよってに、お公卿さんの屋敷に奉公さしたるいう話があっても、すぐに立ち消えになりました。大店から養女にしたるいう話もまとまりかけて無《の》うなりました」

棚からぼたもちのような幸運が舞い込みかけて、いつも途中で駄目になった。

「いつも考えていたんです。お六でない人間に生まれかわりたい。お六やったら、うちの一生は不運のまんまで終らんならん。早うに、お六から逃げ出さなあかん」

自分が自分から逃げ出す方法を、お六は江戸へ出て来た夜の火事に結びつけた。

死んだお幸になることで、お六の不運から脱け出したい。

「あきまへんなあ。前より一層、不運になってしもうた」

源三郎が、低く訊ねた。

「おようを殺したのも、不運から脱け出すためか」

お六が小さく笑った。

「やっぱり、うちは不運なんや。やること、みんな不運を招きよる……」

近江屋の娘になったら、由太郎に会った。由太郎を好きになって、どうしてもその女房と妹をどうにかしなければ、自分の幸せの道がない。

「幸せになりたいと思うては、不運になる。ほんまに情ない我が身やとつくづく愛想が尽きてます」

月光が再び照らし出したのは、疲れ果てた女の顔であった。

どこか、まだ子供っぽい横顔に老女のような諦めが浮んでいる。

その夜の中に、お六は伝馬町の牢に入れられ、かわりに吟味中だったおりきが解きはなたれて近江屋へ帰った。

数日後、東吾が「かわせみ」を訪ねると、女たちが簾《すだれ》の取りはずしと障子の張りかえをやっていた。

お六の吟味が終って遠島の裁決の出た翌日である。

「人一人殺したにしては、罪が軽くすんだんだが、俺も源さんも、すっきりしないんだ」

お召捕になった舟の上で、自分の不運を感情のない声で話していたお六が、どうも脳裡から離れない。

「人に運不運はつきものだが、あの子は不運に負けちまったんだな」

「お六さんをみたとき、なにかが欠けていると思ったんです」

るいが低い声でいった。

「そのなにかが、わからなかったんですけれど……あの人、いつも飢えているみたいでしたのね。高いところをみつめて、自分がそこへ届かないといっては腹を立てたり、悲しんだりしている。もっと手近かに幸せがころがっていたかも知れないのに……」

幸せを出世という物さしでしか計ることを知らなかった娘の不幸かも知れないというるいは、手拭の姉さんかぶりで器用に障子紙を張っている。

るいは自分の幸せを、ここにみつけたのかといってやりたい気がして、東吾はめっきり秋の気配の濃くなった「かわせみ」の庭を眺めた。

萩の花が咲きはじめて、紫色の花片が散りこぼれている。

大川の上は澄み切った青空であった。

矢大臣殺し

一

その時、東吾はるいを伴って、深川佐賀町の中之橋の近くへ来ていた。

「喧嘩だっ」

という叫び声に続いて、

「敵討《かたきう》ちだぞ」

と触れているのが聞える。

まだ日が暮れるには間《ま》のある刻限で、町中はさして人通りがなかった。それでも、ばらばらと声のほうへ走って行く者がいる。

一人なら、すぐにもとんで行く東吾だが、るいが一緒なので、ちょっとためらった。

長寿庵の長助のところに、三番目の孫が誕生したので、その祝いに行って来た帰りである。

長助は出かけていたが、三人の子持ちになった長太郎が恐縮しながら出迎えて、夜具の中でよくねむっている女児をみせてくれた。

「長助に似ているじゃないか」

東吾がいい、

「そんなことを、うちの人がきいたら垂れ目が一層、こんなになっちまいますよ」

長助の女房が、目尻《めじり》を指の先でひっぱって嬉しそうに応じた。

三人目だから、親達は落ちついているし、実際、お産は軽かったらしい。はじめて兄貴になった長吉が赤ん坊の枕許《まくらもと》にすわって飽きもせず眺めている。

賑やかな笑い声に包まれての帰り道に、どうも穏やかではない騒ぎを耳にして、東吾はるいをふりむいたのだが、

「なんでございましょう。敵討ちなんて……」

若女房は好奇心丸出しで、人々のあとを追う。

「るいも相当の野次馬だな」

中佐賀町を僅《わず》かばかり後戻りしたところに明樽《あきだる》問屋、越後屋という大きな店がある。人が集っているのは、越後屋の裏側の空地の前で、わあわあさわいでいる人垣のむこうに浪人風の男と、白鉢巻に白襷《しろだすき》の若いのと二人が並んで、しきりにぺこぺこ頭を下げている。

「いったい、なにがあったんだ」

むこうから戻って来た男に東吾が訊《き》くと、

「冗談じゃありませんや。茶番の稽古をしていたんだそうで……」

「茶番……」

「花見の余興に敵討ちの芝居をやるんだそうで、とんだ人さわがせでございますよ」

東吾が改めて空地のほうを眺めると、成程、着ているものは浪人の恰好だが、深編笠を取ってお辞儀をしている頭は町人髷《ちょうにんまげ》で、もう一人の白鉢巻が下げている刀は芝居で使う銀紙ばりの竹光《たけみつ》である。

「おい、とんだ花見の敵討ちだとさ」

るいに声をかけて、東吾はさっさと今来た道を帰りかけたのだが、ふと、誰かの視線を感じて、そっちを見た。

居酒屋だろう。布袋《ほてい》屋と布看板の下っている小さな店の前に五、六人が固まっている。みんな、敵討ちさわぎに驚いて店から出て来たといったふうだが、その中の一人、四十五、六だろう苦味走った職人風のが驚いたように、こっちをみつめている。東吾と視線が合うと、慌てて小腰をかがめ、それで、るいが気がついた。

「大工の源七さんですよ。よく、うちの仕事をしてもらっているんです」

るいが傍《そば》へ行って、二言三言、戻って来て、

「この先の稲荷小路に住んでいるそうですよ」

ふりむいて会釈をすると、源七は更に深々と頭を下げている。

「春なんですねえ。空地で茶番の稽古だなんて……」

向島の桜の蕾《つぼみ》もかなりふくらんで、人の気持も浮かれ出しているのだろうと、それにしてはまだ冷たさの残っている夕風の中を、二人は大川端へ帰ったのだったが、その翌日、長助が蕎麦粉を抱えて「かわせみ」へやって来た。

「昨日の中《うち》に、お礼に参らなけりゃならねえところを遅くなりまして申しわけございません。ちょいとばかり、奇妙な事件にかかわり合っちまいまして……」

ぼんのくぼに手をやりながら挨拶をした。

「なんだね、奇妙な事件というのは……」

たまたま、るいが客を送って帳場にいたこともあって、上りかまちのところにかしこまった長助に、嘉助が訊いた。

「へえ、まあ、みかけはなんてえこともないようなもんですが、なにしろ、殺されたのが、名主の倅《せがれ》でござんして……」

「人殺しですか」

早速、首を出したのがお吉、長助のために運んで来た茶碗をおくなり、板の間にすわり込んだ。

「徳太郎と申しまして……、佐賀町の名主は松本東左衛門というんですが、その倅で、まあ、倅といっても三十なかばになる男で……」

勧められた茶を一口飲んで、長助は気の重そうな表情をみせた。

「いったい、誰が、名主さんの倅を殺したんだね」

煙草盆を持って、嘉助も帳場格子から出て来た。宿屋稼業が一番、ゆったり出来る午《ひる》下《さが》り。外は提灯張替屋が間《ま》のびのした売り声で流して行く。

「そいつが皆目《かいもく》、見当がつかねえんで……」

若先生は、まだ講武所からお帰りじゃございませんかと、長助が頼りなさそうに訊いて「かわせみ」の連中は顔を見合せた。

「なんだね。親分は礼に来たってのは口実で、本当はうちの若先生をひっぱり出しに来なすったのか」

嘉助にすっぱぬかれて、長助は照れくさそうに笑い出した。

「ま、そういわれちまうと面目ねえんですがね」

「話してごらんなさいよ。三人寄れば文殊《もんじゅ》の智恵っていうじゃありませんか」

お吉にうながされて、長助が懐中から半紙を一枚取り出した。あまり上手とはいえない筆蹟で、何人かの名前が書いてある。

「こいつが、布袋屋にいた客の名前で……若先生にお目にかけようと書き出して来たんです」

「布袋屋が、なんだって……」

と嘉助。

「そこで、人殺しがあったんでさ、つまり、徳太郎が殺されてたんです」

「長助親分」

るいが、さらりといった。

「うちの人が帰って来たら、ちゃんと話してあげますから、順序立てて最初っからいってみて下さいな」

二

事件があったのは、昨日の夕方、ぼつぼつ暗くなりかけた酉《とり》の刻（午後六時）、深川中佐賀町の布袋屋という一杯飲み屋、と聞いて、東吾が湯呑をおいた。

「そいつは、るいと一緒に敵討ちを見物に行った時、大工の源七って男が立っていた店じゃないのか」

袴《はかま》をたたみながら話していたるいがうなずいた。

「そうなんです。あの時らしいんですよ」

布袋屋はぼつぼつ客が賑《にぎ》わってくる時分で、

「徳太郎って人は、布袋屋の御常連なんだそうですよ。昼間っから、入りびたって酒を飲んでいる。布袋屋の矢大臣って、かげでいってるくらいだとか……」

「矢大臣か」

矢大臣は矢大神とも書き、本来は神社の随身門《ずいじんもん》の右側にある像の名称であった。弓矢を持って門を守る役目なので、矢大臣と呼ばれるのだが、片足を下へおろし、片足だけを胡座《あぐら》をかくような恰好で上へあげている。

その形が居酒屋で明樽に腰をかけた客がやるのとよく似ていることから、そうした縄のれんの客を矢大臣といったり、ひいては居酒屋そのものを矢大臣と呼んだりする。

「なんでも、徳太郎って人は、いつも自分のすわる明樽が決っているんだそうで、他のお客が知らないでそこへ腰かけていると蹴《け》とばしたり、お酒をぶっかけたりするそうです」

「名主の悴にしては乱暴だな」

「町内の鼻つまみですって。大酒は飲む、女にはだらしがない。お内儀《かみ》さんに逃げられてからは、よけいひどくなったとか」

「親は叱言《こごと》をいわないのか」

「三十五にもなっている男ですよ」

「馬の耳に念仏だろうな」

「お金を持たせないようにしたり、深川のお茶屋さんなどには遊びに行っても上へあげないようにしてくれと頼んだりしているそうですけれど……」

「成程、それで、居酒屋の常連になっているのか」

炬燵《こたつ》の上においてある半紙を東吾が取り上げた。

「殺された徳太郎を別にして、ちょうど五人、布袋屋にいたわけだな」

「でも、みんな、敵討ちさわぎで表へ出ていたんです」

例の花見の茶番であった。

「戻って来たら、徳太郎さんが死んでいるんで、大さわぎになったみたいですよ」

「徳太郎は、なんで殺されていたんだ」

「背中に白羽の矢が突き立っていたって、長助親分が……」

廊下をお吉の足音が近づいて来た。

「畝様がおみえになりました。お帳場で待っていらっしゃるんですよ」


東吾は立ち上って、大小を腰にさした。

以心伝心というか、長年のつきあいで、彼が誘いに来たのだと見当がつく。

帳場のところで、畝源三郎は嘉助と話をしていた。

「東吾さんは昨日、敵討《せった》ちの茶番を見物したそうですね」

嘉助が揃えてくれた雪駄に足を下しながら、東吾は苦笑した。

「あの時、布袋屋をのぞいていれば、てっとり早く下手人をとっつかまえられたんだ」

いってらっしゃいませ、と、るいと嘉助に見送られて、「かわせみ」を出る。

「長助が手古ずっているのか」

大川端を永代橋へ向いながら、東吾が訊いた。

「なにしろ、徳太郎を殺しそうな人間が、うじゃうじゃしてますのでね」

「悪い奴だったらしいな」

「腕っ節の強いのをいいことに、子供の頃から乱暴者で通っていまして、親が尻ぬぐいをしてなんとか済まして来たようですが、だんだん、狂気じみて来て、町内でもしばしば問題になっていたのですが……」

名主の悴ということで、町役人《ちようやくにん》達がお茶を濁してしまうところがあったという。

「女たらしだそうだが……」

「悪い癖がありましてね、許嫁《いいなずけ》があるとか、縁談の決った女を襲ってという事件がいくつかあるようです」

そんなことをしても、徳太郎がお上の御厄介にならないでいるのは、女のほうが事件を表沙汰にしたくないので届け出ないからで、

「しかし、どうかくしても世間の噂にならないことはありません、それでも、当人が訴えない限り、表沙汰には出来ません」

徳太郎を縛って白状させたところで、肝腎の女のほうが、そんなことはなかったと主張したのでは、事件にならない。

永代橋を渡ったところの番屋に、長助が待っていた。

勢い込んだ表情で近づいて来ると、

「お蝶が、あの時刻に、稲荷小路の近くにいたのを見た奴が出て来まして……」

と報告した。

「これから井筒屋へ行ってみようかと思いますが……」

源三郎が承知し、東吾に説明した。

「深川の井筒屋のお蝶、芸妓ですが、日本橋の大店《おおだな》の若旦那に落籍《ひか》されるって話だったんですが、こいつがいけなくなりまして……」

長助が、そのあとを取った。

「それと申しますのが、徳太郎があいつは俺の色女だと吹いて廻りまして……実のところ、どうもお蝶となにかあったようでして、結局、落籍される話のほうが消えちまいました」

「お蝶は、徳太郎を怨んでいるのか」

「初午《はつうま》の日に、えらく酔っぱらって、徳太郎を殺してやると出刃庖丁を持ってとび出したそうで……若い衆がとりおさえてどうってことはなかったんですが……」

井筒屋は深川では中どころの店で、お蝶はそこの養女分になっている妓であった。

売れっ妓《こ》なのだろう、なかなかの美貌で、勝気そうな羽織芸者である。ただ、若くはみえるが、年はもう二十一になるという。

「かわいそうなことを致しました。あの妓にとって、この上もない話がまとまろうという矢先に、つまらない噂が立ちまして……」

お蝶が来る前に、応対に出た主人の弥兵衛というのが愚痴をいった。

「お蝶を落籍しようとしたのは、日本橋のなんという店だ」

と源三郎。

「本石町の美濃屋さんでございます」

若旦那の清太郎というのと、もう二年越しの仲で、漸《ようや》く親達を納得させて嫁にするという段取りになって俄《にわか》に破談になった。

「お蝶と徳太郎の間には、本当になにかがあったのか」

源三郎に訊かれて、井筒屋の主人は眉をひそめて頭を下げた。

「そいつは、どうぞ、御勘弁下さいまし」

お蝶が入って来た。

縞《しま》の着物に繻子《しゆす》の帯をひっかけに結んでいる。素顔に年齢《とし》相応の落着きがあった。

「昨日の夕方、徳太郎が布袋屋で殺された時刻に、お前の姿をあの近くでみかけた者がいるのだが……」

源三郎の言葉に、お蝶は軽く顎を引いた。

「多分、お稲荷さんへおまいりに行った時だと思います」

中佐賀町のまん中あたりの横町に佐賀稲荷というのがある。町内の鎮守で社地は僅かに二十六坪ばかりだが、けっこう御利益があるというのが評判である。

「あの近くで、敵討ちさわぎがあったのを知っているか」

と東吾が訊いた。

「人がわあわあさわいでいたのは知っています」

「布袋屋へは寄らなかったのか」

「別に、用事もありませんし……」

「お稲荷さんへおまいりして帰る時、誰か知った顔に会わなかったか」

「会ったかも知れませんが、あたしは下をむいて歩いているので、声でもかけられないとわかりませんが……」

ちょっと間を置いて、考えるようにしてからいった。

「そういえば、会ったっていうのとは違いますが、稲荷小路を通る時、長屋の戸があいていて、おすみちゃんが針仕事をしているのがみえました」

「おすみ……」

それは、と弥兵衛が口を出した。

「稲荷小路に住んでいる娘で、お針で暮しを立てて居ります。手前どもでもよく仕事を頼みますので、この家へ出入りをして居りまして、お蝶も顔見知りでございますから……」

東吾が、お蝶に訊いた。

「おすみに声をかけたのか」

「いいえ、一生けんめい仕事をしているので、手を止めさせては悪いと思って、そっと通りすぎましたから……」

むこうは自分が家の前を通ったのさえ、知らないだろうといった。

「あんたは初午の日に、徳太郎を殺してやると荒れ狂ったそうだが……」

お蝶が乾いた声で笑った。

「今だって殺してやりたいと思ってますよ。あいつは人間じゃない、けだものです」

「徳太郎が殺されたのは知っているだろうな」

「ええ、天罰です。深川の女はみんな大喜びしているんじゃありませんか」

実に気持よさそうな調子でいい切った。

三

井筒屋を出て、三人は中佐賀町へ向った。

夕暮から夜になるところで、表通りはさっき歩いた時よりも人が出ている。

「お蝶が殺《や》ったんでござんしょうか」

長助が訊いたが、東吾はそれには答えず、

「名主の家は、今夜が通夜かい」

と訊いた。

佐賀町の名主、松本東左衛門の家は仙台堀にかかっている上之橋の手前で、家の門に提灯を出し、弔問客を迎えている。

徳太郎の死体をみたいという東吾の希望で、長助が東左衛門に話をし、庭から入って奥座敷に安置されている遺体をみた。

無論、その間、客は遠ざけられている。

湯灌《ゆかん》をすませた死体は白衣を着けて布団に寝かされている。

東吾は長助がめくった白衣の中をのぞいて源三郎の顔をみた。源三郎が黙ってうなずく。

徳太郎の背中の傷は三つであった。

左胸の裏側に当るところの傷がもっとも大きく、深いようである。その下の脇腹に近いところにやや小さい刺し傷が二つ。

湯灌のあとで巻いたらしい白布に血痕がついている。

「あっしが布袋屋へ行った時はすごいほどの血が流れていまして……徳太郎のすわっていた榻の下なんぞは血だまりが出来ていたくらいです」

低い声で長助がいった。

奥座敷から出て、庭伝いに表へ出る。

「源さん」

東吾がぽつんといった。

「殺されたのは、刃物でだけじゃなさそうだな」

源三郎が合点《がてん》した。

「気がつかれましたか」

「皮膚の色が尋常じゃない。医者はなんといった」

「おそらく、石見銀山《いわみぎんざん》ねずみ取りのようなものを飲んでいたと……」

「毒殺か」

「しかし、背中の突き傷も、充分に息の根を止めたでしょう」

「矢が射込んであったというが……」

長助がぼんのくぼに手をやった。

「そいつは、一番、小さい傷口のところでして、旦那がおっしゃるには、遠くから飛んで来たんじゃなくて、手で矢を摑んでぐさりとやったようです」

「源さんは、その矢をみたのか」

「正月に神社で授かって来る破魔矢という奴ですよ。あの矢尻のほうを斜めに切りましてね。鋭くとがらせてありました。竹ですから、けっこう刃物並みといいますか、錐《きり》で突いたような感じになりますね」

「なんで、そんなことをしたのだろう」

「わかりませんが、破魔矢というのは魔を射る矢ですから、つまり、下手人にとって、徳太郎という魔物を射殺《いころ》したという気持があるんじゃないでしょうか」

長助が足を止めた。

「あそこが、布袋屋ですが……」

それは、東吾も知っている、あの店であった。大工の源七が店の前にいて、るいに挨拶をした。

布袋屋は店を閉めていた。

「どうも、昨日の今日では、とても店を開ける気にはなれませんので……」

亭主は貞之助といい、板前上りのようであった。女房のおよねと二人きりでやっている居酒屋だから、まことに小さなもので、客が一杯になっても十人がいいところだろう。

「矢大臣がいつもすわっていた所はどこなんだ」

東吾にいわれて、貞之助が店の奥を指した。

壁ぎわだが、背後に四角い窓が切ってあって障子が左右にひけるように出来ている。夜は外側から板戸が閉まるが、その板戸は表で上へあげ、つっかい棒をして落ちないように出来ている。

「ここんところに明樽をおきまして、その前に台をすえてありましたが……」

明樽も台も血まみれだったので、気味が悪いと、今日、空地で燃やしてしまったという。

「徳太郎は毎日のように来ていたのか」

貞之助が目をしょぼしょぼさせた。

「手前どもは、名主様に少々の借金がございまして……」

昨年の春に女房のおよねが流産をして、そのあと暫《しばら》く医者の厄介になった時の治療代を名主にたてかえてもらったのだが、徳太郎はその借金を口実に、只酒を飲んでいた。

「こちらも強いことはいえませんので……」

「ところで……」

東吾が半紙を取り出した。長助が書いた客の名前が並んでいる。

「徳太郎が殺された時、この店に来ていた客の名前だが……」

およねが青い顔で手を振った。

「皆さん、敵討ちだってさわぎで、店をとび出して行きましたから……」

「徳太郎は出て行かなかったんだな」

「へえ」

「お前は、店にいたのか」

亭主が女房をかばうように前へ出た。

「いえ、手前もおよねも店の外へ出て行きまして……」

「店に残っていたのは、徳太郎一人か」

「そういうことになりますんで……」

「徳太郎が死んでいるのをみつけたのは誰だったんだ」

「手前で……」

貞之助が両手を握り合せた。

「敵討ちが茶番だってきいたものですから、馬鹿馬鹿しいと店へ戻って来まして、なんの気なしに奥をみますと、徳太郎さんが背中に矢を突っ立てて、うつ伏せになってまして……あんまりびっくりしたんで、体が動きませんで、そこへ、みなさんが戻って来まして……」

大さわぎになったと歎息した。

半紙に書かれている布袋屋の客の名前は五人であった。

「この客の中、誰が一番先に来たか、おぼえていないか」

貞之助が半紙をのぞいた。

「一番早いお客は、徳太郎さんで、まだ店をあけていない頃からやって来て、酒を飲んでいました」

といったのは、女房のおよねである。

「次は……」

「源七親方と倅の小吉さんです」

「大工の源七か」

「へえ、仕事の帰りによく一杯飲みに来てくれますんで……」

そのあとに、

「藤兵衛さんが来ました。煙草売りの帰りでして……」

続いて、丑之助。

「表通りの英泉堂の板木彫りをしている職人さんで……」

英泉堂というのは書物地本問屋であった。丑之助はそこで版下の板木を彫っている。

「それから、おさださんが顔を出しました。買い物に出たついでに、多分、御亭主がここに寄っているだろうと思ったなどといいまして……」

煙草売りの藤兵衛の女房であった。

「そうすると、敵討ちのさわぎの時に、この店にいたのは、徳太郎を除くと、その五人だな」

大工の源七、小吉の父子、藤兵衛とおさだの夫婦、それに板木職人の丑之助。

「お客じゃありませんが、裏口にお辰さんが来てました」

およねがいった。

すぐそこに住んでいる左官の孝太の母親で、

「お醬油《したじ》を借りに来たんです」

「そのみんなが敵討ち見物にいったのか」

「そうです。間違いありません」

貞之助が太鼓判を押した。

「みんなでわあわあいいながら出て行ったんですから……」

「敵討ちさわぎを知ったのは、どうしてだ。何故、わかった」

空地から布袋屋まで目と鼻の先だが、

「誰が気がついた」

「越後屋から吉松が知らせに来たんです」

明樽問屋、越後屋に奉公している吉松が、店の空地で敵討ちがはじまっていると教えに来た。

「吉松は、その、藤兵衛さんの倅でして……」

煙草売りの藤兵衛の一人息子が吉松だといった。

布袋屋を出た東吾の足が、まっすぐに越後屋へ行った。

長助に命じて、小僧の吉松を外へ呼び出させる。

おどおどしながら長助につれられて来た吉松は、十六というにしては子供子供していた。

「昨日、この裏の空地で敵討ちさわぎがあったな」

穏やかに東吾が訊いた。

「お前が、そのことを布袋屋へ知らせたそうだが……」

吉松がごくりと音を立てて唾《つば》を飲み込んだ。

「樽を干しに、空地へ行こうとしたら、敵討ちをやっているようにみえたから……」

「店へ知らせる前に、布袋屋へ行ったのだろう」

「布袋屋には町内の人が、よく集っているから……」

「お前のお父つぁんも来ていたな」

吉松は黙りこくって下をむいている。

それから東吾は佐賀稲荷へ行った。

中佐賀町のちょうど中程にある横町を入ると突き当りがお稲荷さんで、

「ここの横町を稲荷小路と呼んでいます」

長助が教えた。

稲荷小路には三軒並びの長屋が向い合せに建っていて、お稲荷さんの手前に井戸があり、北側に長屋の共同の厠《かわや》がある。

「おすみという娘の家はどれだ」

東吾に訊かれて、長助は井戸端にいた中年の女に近づいた。

女が指して教えているのは、お稲荷さんに一番近いところであった。

三軒つながっている棟割長屋の一番奥ということになる。

「今のが、お辰です」

戻って来た長助が、ささやいた。

事件のあった時、布袋屋へ醬油を借りに来ていた女である。

「悴は左官職で……その、例の茶番の敵討ちの白鉢巻の田宮坊太郎の役をやってたのが、お辰の悴の孝太という奴なんです」

東吾の口許にかすかな微笑が浮んだ。

「お辰も、この長屋の住人なんだな」

「へえ、とばくちの右っ側です」

「お辰の悴が田宮坊太郎役だとすると、討たれる敵は誰がやってたんだ」

「団之助といいまして、役者くずれで、今は下座《げざ》の三味線ひきで富岡八幡の芝居に出ています」

「ひょっとすると、そいつもこの長屋の住人か」

「お辰の隣が、そうです」

長助の案内で団之助の家をのぞいてみると、今しがた帰って来たばかりらしく、入口の土間のところでへっついに薪《まき》をくべている。

「親分。もう、勘弁して下さいよ」

長助の顔をみるなり、泣きそうな声でいった。

「何度もいいますが、本当にあんなさわぎになるとは思わなかったんで……」

長助が笑った。

「とがめに来たんじゃねえ。旦那方がお前にちょいとお訊ねになりてえことがおあんなさるそうだ。神妙にお答え申し上げろ」

石のようになった団之助へ東吾がざっくばらんにいった。

「そう固くなるな。花見の茶番の稽古だったそうだが、この長屋の連中で花見をするつもりだったのかい」

「へえ」

消え入りそうな返事であった。

「花見には毎年、出かけるのか」

「いいえ、あっしらのような暮しの者は滅多に……ですが、たまには行ってみようって話になりまして……」

「茶番に敵討ちの芝居をやろうといい出したのは、誰なんだ」

「手前でございます。最初は三味線でもひいてくれないかというんで、それじゃあんまり芸がないからと……敵討ちなら、そう難しいせりふもございませんし、なんといっても派手でございますから……」

「いつも、あそこの空地で稽古をしていたのか」

「とんでもない。昨日、ちょうど小屋のほうから衣裳を出してくれましたんで、ちょいと孝太さんに着せてみようと思いまして」

自分は役者の真似事をしていたが、孝太は全くの素人なので刀の持ち方やら袴《はかま》のつけ方なぞ、まるっきり知らないので当人も心配している。一ぺんくらいは稽古しなければ、口立《くちだ》てで出来るものではないと考えていたと団之助はいった。

「それで、孝太さんを呼びに行き、二人であの空地で衣裳をつけてみて、立ち廻りの真似事をしてみたんです。まさか、本物の敵討ちと間違えられるとは夢にも思いませんで……」

東吾が少しばかり表情をきびしくした。

「しかし、そのさわぎの最中に、人一人が殺されたんだぞ」

団之助は上目遣いに三人を見廻したが、しょんぼりとうなだれてしまった。団之助の家を出て、東吾は路地を後戻りして、おすみの家の前へ立った。

長助が声をかけたが返事がない。戸口を開けてみると留守のようであった。

今、のぞいて来た団之助の家からみると、同じ棟割長屋でも、この奥のが一番、広いようであった。といっても六畳に三畳といった間取りで、壁ぎわには夜具がたたんで枕屏風で囲ってあり、その横の文机《ふづくえ》の上に小さな仏壇がおいてある。位牌が二つ、線香の匂いが部屋の中にただよっていた。

「おすみちゃんなら、いませんよ。仕立物を届けに出かけてます」

突然、背後から呼ばれて、ふりむいてみると、路地に若い男が赤い顔をして突っ立っている。

「お前は源七親方の倅の小吉じゃねえか」

長助がいい、小吉は二、三歩、後ずさりをしてお辞儀をした。

「お父つぁんは家かい」

「いえ、まだ仕事から帰っていません」

源七と小吉親子の家は、おすみの家の向い側だと聞いて、東吾はあっさり稲荷小路に背をむけた。

四

東吾が「かわせみ」へ帰って来てるいと夕飯をたべていると、嘉助が大工の源七が訪ねて来たと取り次いで来た。

「若先生に折入ってお話が、と申して居りますが……」

東吾はあまり驚いた様子もなく、ここへ通してくれといった。

るいが慌ててお膳を片づけたところへ、ひっそりと源七が案内されて来る。東吾の目くばせで、るいは源七と入れかわりに部屋を出ていった。

「どうだい、一つ、やるかい」

東吾が長火鉢の猫板の上においてあった盃を取ると、源七はいきなり両手をついた。

「お手数をおかけ申しますが、どうか、手前を畝の旦那のところへつれて行って下さいまし」

徳太郎を殺したのは手前でございます、というのを、東吾はじっと眺めた。

「お前、なんで、徳太郎を殺したんだ」

源七が目を伏せた。

「理由《わけ》をいわなけりゃいけませんか」

「棟梁《とうりよう》がいわれもなしに人を殺すか。徳太郎のような狂人ならなにをしでかすか知らないが……」

ふっと源七が肩の力を抜いた。

「おっしゃる通りあいつは狂人でございます」

「徳太郎が、なにをした」

「あっしにとっては、かけがえのない大恩人を殺したんです」

「恩人とは誰だ」

源七がやむを得ないといった口調で続けた。

「村岡但馬《たじま》とおっしゃる御浪人で……」

稲荷小路の住人だといった。

「親の代からの御浪人でしたが、そりゃあ立派な人で、あの長屋に住む者はみんな親のように思っていました。どれほど厄介になったか、数え上げたらきりがねえ」

仕事にあぶれて子供に飯が食わせられなくなった時、病人の薬代がなくて途方に暮れた時、家賃が滞って大家から出て行けとせまられた時、

「みんな、村岡さんのところへ泣きつきました。いつだって、村岡さんはいやな顔もしないで銭だの米だの出してくれる、俺達はずっとあとになって知ったんです。米をもらった奴は、その翌日、村岡さんの家の米櫃《こめびつ》には一粒の米もなかった。お内儀《ないぎ》のおきよさんがそっと一枚きりのおすみちゃんの晴れ着を質入れして、それでなんとかしのいだってこと。あっしの女房が患いついた時も、村岡さんが薬代だと毎日のように届けて下すった金は、お内儀とおすみちゃんが夜も寝ないで賃仕事をしてこしらえていたものだった……うちの嬶《かかあ》は息を引き取る時、村岡さんとお内儀に手を合せて……悴のことを頼んで……」

源七がたまりかねたように手拭で顔をこすった。

「忘れやしません。昨年の春、あっしは悴の小吉と一緒に名主様の家へ仕事に行ってい

たんです。名主様の手文庫に入れておいた十両の金がなくなっていて……徳太郎の奴が、うちの小吉が盗んだのをみたといったんです。悴は盗んじゃいねえ、盗《と》ったのは徳太郎なんです。盗っ人たけだけしい。徳太郎の奴、木刀を持って来て悴を折檻《せっかん》するといいやがる。あいつの魂胆はわかってる。小吉の奴が、村岡さんのおすみちゃんと仲がいいのをいやみに思いやがって……」

その時、小吉をかばったのが村岡但馬だったと源七は訴えた。

「村岡さんは名主様のところの帳付けの仕事をしていて、その日も来ていなすった。小吉は盗みを働くような人間じゃねえといって下すった」

どうしても徳太郎が小吉を折檻するというなら、代りに手前をお打ちなされといった村岡を、徳太郎は木刀でさんざんになぐりつけた。みかねて、名主が徳太郎を制してその場は済んだのだが、

「村岡さんはその翌日、ひどく血を吐いて、三日ばかりで歿《なくな》ったんだ」

徳太郎になぐられたのが原因に違いなかったが、名主がよこした医者は労咳《ろうがい》だといった。

「医者がそういったんじゃどうしようもありませんや。その時から、あっしは徳太郎を殺す決心をしていました」

膝頭を握りしめている源七をみて、東吾が更に訊いた。

「村岡但馬どのが歿ったのはわかったが、おすみの家には、もう一つ、位牌があった。

母親のおきよどの、村岡どののお内儀のものと思うが、お内儀はどうして殺られたのだ」

源七の表情がひきつったようになった。

涙が両眼からあふれて、咽喉《のど》に嗚咽《おえつ》が聞えた。

「いえません、それだけは口が裂けても……」

ぶるぶる慄えている源七に、東吾は穏やかにいった。

「ところで、あんたはどうやって、徳太郎を殺したんだ」

源七が唇を嚙みしめ、かすかな笑いを浮べた。

「鑿《のみ》をぶち込んでやったんでさあ、あいつの背中に、思いきりずぶりと……」

「馬鹿野郎」

威勢のいい啖呵《たんか》が東吾の口から飛びだした。

「お上の目は節穴じゃねえや。でたらめもたいがいにしろ。徳太郎は刃物で突かれて死んだんじゃねえ。毒を飲まされて殺されたんだ」

源七があっけにとられた。

「人が飯を食ってるのに、つまらねえ世迷言《よまいごと》をいってくるな。帰れ、帰れ。今後、寝ぼけたことをいってくると、かわせみのお出入り禁止にしちまうぞ」

狐に化かされた顔で源七が帰ると、入れ違いに、

「若先生、今度は悴がやって来ました」

嘉助が可笑《おか》しそうにいって来る。

「親父が何を申し上げたか知りませんが、徳太郎を殺《や》ったのは、あっしです。親父じゃございません」

思いつめて蒼白になっている小吉を、東吾はひどく嬉しそうな顔でみつめた。

「お前は、どうやって殺したんだ」

「破魔矢の先を錐のようにとがらせて、それで力まかせに突きました。傷口は小さくたって、間違いなく、心の臓を突きさしたと思います。下手人は俺です。どうか、お縄にして下さい」

たまりかねたように、東吾が笑いだした。

「あいにく俺は役人じゃないんだ。第一、お前の親父にもいったように、徳太郎は刃物でさされて死んだんじゃねえ。毒を盛られたんだ。親子そろって、どんな夢をみたのか知らねえが、湯屋にでも行って頭の疲れをとってくるがいい。湯銭がなけりゃくれてやるぜ」

茫然自失の体で帰りかける小吉に、東吾は独り言のように呟《つぶや》いた。

「お前、よくよく、おすみに惚れてやがるな」

翌朝、東吾が木剣の素振りをしているところへ、

「藤兵衛さんて方がみえました」

お吉が不思議そうに取り次いだ。

枝折戸《しおりど》から庭へ案内された藤兵衛は東吾を見ると地べたに膝を突いた。

「昨夜の中に参る筈《はず》でございましたが、あとに残る女房子のことを考えまして、身の廻りの始末をして居りまして遅くなりました。徳太郎を殺害致しましたのは、手前でございます」

東吾は縁側に腰をかけた。

まぶしいような春の朝日がさし込んでいる。

「あんたは、徳太郎にどういう怨みがあったのかい」

藤兵衛が顔を上げた。

「村岡但馬の女房のおきよは、手前の妹でございます」

ほほうと東吾が納得した。

「それじゃ、あんたに訊こう。おきよさんはなんで歿ったのだ」

怒りがみるみる藤兵衛の顔を朱に染めた。だが、藤兵衛の声は押し殺したように低かった。

「なにがあったのか、手前の口からはとても申せませんが……」

先々月二十九日のことだといった。

「いつものように煙草売りに出かけまして、うまい具合に売り切れたので、いつもより帰りが早うございました」

稲荷小路へ戻って来て、自分の家を通り越してお稲荷さんまで行ったのは、井戸端で

足を洗うついでのようなもので、

「神前で柏手《かしわで》を打ちました時、背後の路地を誰かが走って行く足音がしまして、ふりむいてみると、徳太郎が表通りへ逃げて行くところでございました。あいつがおすみちゃんをねらっているのは知って居りましたから、急いで妹の家へ走って行ってみますと、戸が開けっぱなしになっていて……部屋におきよが倒れて居りました。咽喉《のど》をしめられたらしく息が止まっていて……手前は慌てて体をゆすったり、水を口の中へそそぎ込んだりしましたが、どうにもなりませず、表へとび出すとちょうど女房が買い物から帰ってきたので、女房におきよの手当てを頼み、医者を呼びに行きました。ですが、やはり、おきよは生き返りませんでした」

「どうしてお上に届け出なかったのだ」

「町役人《ちょうやくにん》へ届けました。ところが、町役人が申しますには、名主様では倅の徳太郎は一日中、家にいた。奉公人もその通りだと申し立てたということでして……」

「お前がみたのは、確かに徳太郎だったのだな」

「見間違いはありません。それに、手前は妹がどんなむごたらしい恰好で殺されていたのか、この目でみたのでございます。あんな非道なことをするのは、徳太郎の外にはございません。おきよは娘の身代りにされたのでございます」

抑えた調子だけに、藤兵衛の怒りのすさまじさが東吾に響いて来る。

「よくわかった。それで、お前さんはどんな方法で、徳太郎を殺したんだ」

「あいつの酒に石見銀山のねずみ取りを思いきり、ぶち込んでやりました。あいつはもう酔っぱらっていましたので、味もなにもわからず茶碗でぐいぐいやりまして……」

「その石見銀山入りの徳利と茶碗はどうした」

「敵討ちさわぎが起った時、いそいで洗い場へ持っていって、きれいに洗い流してしまいました」

「成程なあ」

東吾が脱いでいた片肌を袖に通した。

「残念だが、徳太郎は毒物で死んだのではない。よく出来た話だが、そいつをお上が取り上げるとは思わないぞ」

藤兵衛が仰天した。

「それでは、いったい、なんで、徳太郎は……」

「そいつは、やがて分る。それより今日は歿ったおきよの四十九日じゃないのか。これも縁だろうから俺が施主になる。稲荷小路の長屋のみんなに仕事がすんだら、おすみの家に集るようにいってくれ。きっと、みんなが満足するような供養が出来る筈だ」

ぼんやりとした顔で藤兵衛が帰り、やがて昼近くになって畝源三郎と長助が来た。

「長助のところに、別々ですが、丑之助とおさだが来ました」

丑之助は板木彫りの職人、おさだは藤兵衛の女房である。

「おさだは石見銀山のねずみ取りを酒に入れて徳太郎を殺した。義妹の敵討ちをしたので亭主や悴は全く知らないことだったといい、丑之助のほうは親のように思っていた村岡夫婦の敵をとるつもりで、板木彫りの鑿を徳太郎の背中に突きさしたといったそうです」

どちらも長助は笑って相手にせず、追い払ったという。

「俺のところには三人来たよ」

一刻あまり、東吾は源三郎と長助に話をした。

「おそらく東吾さんのおっしゃる通りでしょう、早速、手配をします」

「かわせみ」が用意した昼飯を食べ、源三郎と長助が出て行く時、東吾は長助に酒と肴《さかな》をおすみの家へ届けてくれるよう手配を頼み、少々の金をあずけた。

それからの東吾は炬燵に寝そべってしきりに何かを考えているようだったが、るいがのぞきに来た時には軽い鼾《いびき》をかいていた。

そして、陽が西へ傾く頃、むっくりと起き上ると奉書に金を包み、供養、と上書きしたのを懐中に入れて、

「深川まで行って来る」

春の夕風の中をとび出して行った。

稲荷小路のおすみの家には酒が届き、長助のところの若い衆が煮しめや蕎麦寿司などを運んで帰って行くところであった。

狭い家の中に、仏壇を囲むようにしておすみを中心に、藤兵衛夫婦、源七、小吉の父

子、丑之助、団之助、それにお辰と倅の孝太が膝を突き合せるようにして並んでいる。入って来た東吾をみると、いきなり、おすみがにじり出た。

「申しわけございません。徳太郎を殺したのは、私でございます」

わあっとみんなが叫び出し、東吾は手を上げて制した。

「寝ぼけるのは、いい加減にやめてくれ。最初にいっておくが、徳太郎は刃物で突かれたのでも、毒入り酒で死んだのでもない。かねてからの彼の悪業に立腹した稲荷明神がお使姫の狐に命じて、神矢をもって射殺したのだ。従って、神罰。下手人は稲荷明神ということになる」

ざわざわと人々が顔を見合せ、ささやき合うのを、東吾は面白そうに眺めた。

「とにかく、これはお上のお裁きでもあるんだ。だから、ここに下手人はいない。そのことを頭の中においた上で、もし、間違っているところがあったら、かまわないからいってくれ」

まあ、飲みながら、と東吾は自分で酒を茶碗に注いで一人一人に渡した。自分もその一つを取り上げて旨そうに飲んだ。

「徳太郎は悪人だ。いや、狂人といってもいいだろう。どれほどの人があいつに泣かされ、苦しめられたかわからない。腹が立つのはそういう男が名主の倅だということだ。親は誰しも我が子が可愛い。出来の悪い子ほど、もて余しながらも、親はかばう。が、そのためにあいつがしでかした人殺しまでが闇に葬られるのをみた者は我慢が出来なくなった。

ました、徳太郎に殺されたのは、仁に富み義を守る、立派な男と、その貞淑な妻であった。どれほどの厚意を、生前の夫婦から受けたかしれない。その人々は、慈父、慈母のような二人の死に怒りを抑えようがなくなった」

部屋の中は、しんと静まり返っていた。

東吾だけが、ゆっくりと茶碗の酒を飲む。

「おそらく、みんなが少しずつ、智恵を出し合って練りに練った計画だったと思う。徳太郎は毎日のように布袋屋へ只酒を飲みに来る。敵を討つのはその時と決めた」

仏壇の灯明が、小さくまたたいた。誰もがうつむいて息を殺している。

「あの日、といっても二日前だ。まず一番に源七が布袋屋へ小吉と一緒に入って行った。矢大臣が布袋屋へ来ているかを確かめるためだ」

徳太郎は例によって、いつもの席で矢大臣をきめ込んで酒を飲んでいた。

「次に藤兵衛が来た。これは、用意して来た石見銀山ねずみ取りを徳利の酒に仕込むためだ。その間に小吉が外を通ったようにみせかけた丑之助に合図をした。丑之助はまっしぐらに稲荷小路へ走って、かねて用意して待っていた団之助と孝太に、予定通り決行することを告げ、団之助と孝太は直ちに越後屋の裏の空地へ行って敵討ちさわぎをはじめる。おさだはそっと越後屋へ行き、吉松を呼び出して敵討ちを知らせに布袋屋へ走らせる。布袋屋のほうでは徳太郎が毒酒を飲み出したところをみて、源七が窓の外へ廻って思いきり、徳太郎の背中へ鑿を打ち込んだ。吉松が知らせに来て布袋屋の夫婦は敵討ちをみに外へ出る。そのあとで、丑之助が怨みの鑿を突きさし、お辰とおさだが連れて来たおすみが、小吉の用意した破魔矢を持って、小吉と一緒に徳太郎を突いた。つまり、親の敵討ちだ。おさだとお辰は放心しているおすみを助けて長屋へ帰り、男達は敵討ちを見物しに出たような恰好で外にいる。俺が源七をみたのは、この時だったと思う」

源七が何かいいかけるのを、東吾は笑って避けた。

「最初にいったろうが。徳太郎を殺害したのはお稲荷さんだ。今、俺がいったのは、みんながみた夢の話なんだ。ただ、俺としては夢が間違っていないかどうか、知りたかっただけでね」

おすみが声を上げて泣き崩れ、おさだもお辰も手拭を目に当てた。

「若先生……」

思いつめた声で源七がいった。

「本当に、夢で、いいんでございましょうか」

「夢は夢さ」

茶碗酒を膝において、東吾は彼らしくない、しみじみした口調でつけ加えた。

「俺はこうやって、供養の酒を飲んで笑っているが、腹の中じゃ涙がこぼれそうなんだ。よくぞ、これだけの人間が心を揃え、一人一人がいざという時は一人で罪をひっかぶる気で、立派な敵討ちをしてのけたことだと……この夢物語は、この位牌のお二人になによりの供養じゃねえかと思ってね」

そっと源七が酒を口に持って行った。団之助と孝太が肩を抱き合って泣いている。

「夢の話はこれっきりだ。あとはみんなで気持よく飲んで、夢なんぞ、きれいさっぱり忘れちまってくれ」

藤兵衛が両手を合せ、おさだも東吾を伏し拝んだ。

「よせやい、俺はまだ仏にゃなってないぜ」

いい機嫌で東吾が「かわせみ」へ帰って来ると、るいがすぐにいった。

「今しがた、畝様が、名主の東左衛門は隠居させられ、新しい名主が決るそうだとおっしゃってお帰りになりましたよ」

東吾がうなずいた。

「なにもかも、うまく行ったってことだろう」

居間の長火鉢には、酒の徳利が猫板にのっている。膳の上には鮑《あわび》の刺身に、菜の花のあえもの。

「一つ二つ、うかがってもよろしいですか」

るいにいわれて、東吾は、なんなりととうそぶいた。

「布袋屋の夫婦も敵討ちのお仲間だったんですか」

「そうじゃないが、多分、気がついたろう。気がついても、なにもいわない。布袋屋にとっても、徳太郎はうじ虫みたいな奴だったんだ」

「井筒屋のお蝶さんが、稲荷小路でおすみさんが縫いものをしているのを、その時刻にみたというのは本当ですか」

東吾が徳利を銅壺《どうこ》に入れた。

「ありゃあ、嘘さ」

「どうして……」

「おそらく、おすみの家の戸があけっぱなしになっていて、誰もいなかったのを思い出したんだろう。つまり、その時刻、おすみは布袋屋で親の敵討ちをした。そのことにお蝶はあとで気がついたから、俺が訊いた時、わざわざ、おすみが家にいたと嘘をついて、おすみをかばったのさ」

それは、お蝶も亦《また》、徳太郎を殺してやりたいほど憎んでいたためでもある。

「とにかく、一件落着だが、世の中には、証拠がないばっかりに、泣き寝入りになっていることが、沢山あるんだろうな」

畝源三郎や長助が、どんなに張り切っても、証拠もなしに人を処罰することは出来ない。

るいの顔色をみて、東吾は懐中から財布を出してその膝へ放り投げた。

「それにしても、長兵衛を気取るのは、いい気持だが、えらい散財さ、おかげで明日から矢大臣にも寄れやしねえ」

るいが笑い出し、お吉が蛤鍋《はまぐりなべ》を運んで来た。

外は、春特有の大風が吹きはじめている。

「いやですねえ、花どきになると風だの雨だので……」

花見に行く前に、桜が散ってしまうと火鉢に鍋をかけたお吉に、東吾は盃をさし出した。

「嘉助も呼べよ。花見のかわりだ」

るいがいそいそと立って帳場へ嘉助を呼びに行き、お吉は頂いた盃を威勢よくあけた。

味噌の煮える匂いが、部屋にこもって来て「かわせみ」はこれからが酒宴となる様子だ。

残月

一

ここ三日、江戸は雨であった。

夏の名残りを洗い流すようなどしゃ降りで、夜になると肌寒い感じがする。

「雨が上ったら、早速、簀戸《すど》を障子に代えませんと……」

今年の夏は残暑がきびしくて、つい、秋の仕度が遅くなった「かわせみ」で、女中頭のお吉がしきりに空模様を気にしているところへ、尻っぱしょりに草鞋《わらじ》ばきといった恰好の、深川長寿庵の長助が、背中まで泥跳《はね》を上げてとび込んで来た。

「只今、畝《うね》の旦那がおみえになりますんですが、その……空いてる部屋があるかどうかと気になすっておいでなもんで……」

一足先に訊《き》きに来たという。

「空いてる部屋っていうと、どなたかお客をお連れなのかね」

帳場にいた嘉助が訊くと、

「へえ、その、ちょいとわけありの女の客なんですが……」

珍しく、長助が口ごもった。

「わけありって、まさか、畝の旦那のいい人ってんじゃないでしょうね」

お吉が笑いながら、若い衆にすすぎの用意をさせているところへ、当の畝源三郎が番傘をつぼめながら暖簾《のれん》をくぐった。その背後に、裾を高くはしょった女が、どことなく顔をそむけるようにして軒端《のきば》に立っている。

「旦那、お部屋はございます。どうぞ、お上りなすって……」

嘉助が声をかけ、源三郎が女にいった。

「かまわぬから、入りなさい」

源三郎と長助、それに連れの女がすすぎをすませたところへ、奥から神林東吾とるいが出てきた。お吉が知らせたものである。

「どうした、源さん」

女をちらとみて、東吾が微笑し、

「御在宅でしたか」

源三郎が嬉しそうな顔をした。

「だしぬけですみませんが、この人を部屋へ案内してくれませんか」

お吉が心得て女をうながし、女は源三郎に会釈をして階段を上って行った。小ざっぱりした木綿物を着た肩が細い。

女が洗い髪であることに、るいは気づいた。毛先のほうを手拭でまとめて結んであるが、まだ、しっとりと濡れて光ってみえる。

「途中で湯屋へ寄って、着替えをさせて来ましたので……」

るいの視線に源三郎が説明した。

「実は、島帰りでして……」

源三郎の声が小さくなり、東吾がいつもの屈託のない調子で応じた。

「源さん、帳場で立ち話でもないだろう」

ぞろぞろと居間へ通ってから、改めて源三郎が話し出した。

「毎度、御厄介をおかけして申しわけありませんが、二十年ぶりに江戸の土を踏んで、落ち着く先もないというのでは、まことに不愍《ふびん》と存じまして……」

東吾が少しばかり驚いた顔をした。

「二十年も島にいたというのは、人殺しか」

重く、源三郎がうなずいた。

「それに、二十年前というと、俺も源さんもまだ小僧っ子の年だ」

「手前の父の頃のことなのです」

ちらと源三郎がそっちを眺め、すみにひかえていた長助が膝を進めた。

「あっしが、御先代の畝の旦那から御手札を頂戴したばかりの年でして……」

堅気の蕎麦屋の跡取りに生まれながら、若い時から捕物好きで、町内の道場へ入りびたって剣術の稽古をするやら、近所の岡っ引から捕縄のかけ方を教えてもらうやら。

「危く、親から勘当されそこなっていたあっしに声をかけて下さったのが、御先代の畝の旦那でございました」

源三郎の父親も亦《また》、代々の町同心であった。

「どっちみち、腕自慢がしたいなら、少しでも、世の中の役に立つように、その代り、弱い者いじめはまかりならねえ、とおっしゃって、親父に話をつけて下さいました。昼は旦那のお供をして町廻り、夜は稼業の蕎麦屋の修業をするってえことで……」

珍しく長助の昔話が出て、酒の仕度をして来たお吉までが、しんみり耳を傾けた。

「おきたが事件を起したのは、あっしが御先代のお供をするようになって間もなくのことでして、まあ、あっしにとっても自分の町内の出来事ですから、月日が経っても忘れられねえで居りました」

長助が言葉を切り、源三郎が続けた。

「東吾さんにはお話ししたと思いますが、手前の父が歿《なくな》りましてから、手文庫の中に心憶えのようなものが残されて居りまして、それは自分の手がけた事件の中で、あとあと心がかりなものが書きとめてありました。おきたのことは、そこに書いてあった一つでして……」

「源さんの父上も、律義なお人だったからなあ」

少年の日の東吾が記憶している畝源三郎の父は奉行所の役人というよりも、学者のような感じであった。

　家にいる時は大抵、机に向って調べものをしていた。

　同心の中には、髪の結い方に凝ったり、派手な十手さばきを披露したり、出仕の時刻が比較的遅いのをよいことに、朝風呂に入ってから悠々と奉行所へ出て行く者も少くなかったというのに、源三郎の父親にはそういったところが微塵《みじん》もなかった。

　暮しむきは質実剛健そのもので、着るものや食べるものには贅沢をする八丁堀の中で、とかく噂になるほど質素であった。その代り、自分が手札を与えている岡っ引には面倒みがよく、その家族にまで行き届いた心くばりをしていた。

　大体、岡っ引というのは、自分の縄張り内の商家へ顔出しさえすれば、必ず、いくらかの金を包んでもらえるという特権があるのだが、畝家ではそれを禁じ、その代り、月々、充分な手当を身銭を切って与えていた。

　そうした父親の気風は、そのまま、倅《せがれ》の源三郎にも受け継がれている。

「ところで、おきたってのは、なにをやらかしたんだ」

　思い出したように盃を取り上げて東吾が訊いた。

「人殺しをするような、あばずれには見えなかったが……」

　しかし、遠島になって御赦免になるまで二十年というのは、なまじっかの罪とも思えない。

「実は、その、人殺しなのですが……」

低く、源三郎が答えた。

「相手は、向島に住んで居りました五郎三と申す隠居でして……」

「そいつを殺した理由は……」

「わからないのです」

当惑した表情で源三郎が続けた。

「当人は、悪い奴だったから殺したと、申し立てたようですが……」

東吾をはじめ、そこにいた者達がそっと顔を見合せた。

「五郎三という隠居が悪い奴だったから殺したというんだな」

「左様です」

「悪い奴だったのか」

いえ、と声に出したのは長助である。

「それが、本所深川にまで名の知れた有徳人《うとくじん》でしたんで……」

もともとは品川のほうの廻船問屋の主人だったが、女房に先立たれ、子供もないことで、店を番頭にゆずり、自分は向島に隠居所をかまえて念仏三昧《ざんまい》の日を送っていたのだという。

「なんですか、三人いた子供がみんな若死しちまったそうで、女房子への供養だってんで毎月、五の日には貧乏人にほどこしをしたり、子供に菓子をくばったりしていました。その隠居が殺されたってんで、本所深川は大さわぎ、野辺送りには大勢がわあわあ泣きながらついて行く始末で……」

その時の光景を思い出したのか、長助は憮然として、お吉が茶碗に注いでくれた酒を飲んだ。

「有徳人だからって、あてには出来ませんよ。そういう人に限って、かげでは女たらしの狒々爺《ひひじじ》いだったりして……」

お吉の言葉に、長助がぼんのくぼに手をやった。

「ですが、五郎三は隠居する前に大病をして、そっちのほうは、からきし駄目になっちまってると、医者がいうんでさ」

源三郎がうなずいた。

「父も、その点はだいぶ調べたらしいのですが、おきたも別に、自分が手ごめにされかけて、というようなことは申さなかったようです。それに、五郎三の殺されていた場所が、隠居所の裏庭の井戸端でして……」

あり得ないことではないかも知れないが、白昼の井戸端で、初老の隠居が女に乱暴を働くというのは、どうも不自然である。

「おきたは、なんで、五郎三の所へ行ったんだ」

と東吾。

「それも、はっきりしないのです」

長助も源三郎に同意した。

「お調べでは、たまたま通りかかったっていっていまして……」

「そりゃ怪訝《おか》しいですよ」

お吉が口をとがらせた。

「たまたま通りかかって、悪い奴だから殺したなんて……そんないいわけは子供にだって通用しません」

源三郎が、つい、苦笑した。

「その通りなのですが……とにかく、どう調べても、おきたがそれ以上のことをいわなかったので、父もほとほと困り果てたようです」

理由もない人殺しは死罪が普通だが、吟味方が、なにか口に出せない理由があったのではないかと酌量して、結局、島送りとなった。

「それにしても、おきたさんはどういう家の人なんですか。二十年ぶりに江戸へ帰って来たというのに、お迎えの人もなかったというのは……」

るいが小首をかしげたのは、御赦免になって江戸へ帰って来ると決ると、その旨をお上から家族へ知らせてやるもので、大方は係の役人に頼んで、島からの舟が到着したら、使《つかい》をもらいたいとあらかじめいくばくかの金を摑ませておくというのを聞いていたからである。

おきたを迎えに行ったのは畝源三郎であり、長助であった。

「かわせみ」へ伴って来たところから察しても、とりあえず帰って行く家はなさそうであった。

「おきたの親の家は五年前の火事で焼けちまいまして……」

長助が情なさそうに告げた。

「深川佐賀町の相模屋という木綿問屋がおきたの生まれた家でしたが、両親も弟も、逃げおくれて死んじまいまして……」

お吉が大きな嘆息をついた。

「他に、たよりになる親類もないんですかね」

「親類じゃねえんですが、嫁入り先はあるんです。ただ、そこはおきたが罪人と決って離縁状を出しまして……縁はねえことになっていますんで……」

「どこなんです、それは……」

「佐賀町の近江屋で……ですが、おきたの亭主だった吉太郎ってのも、もう歿って居りますんで……」

「それじゃ、身よりたよりはまるでないんですか」

源三郎が頭を下げた。

「おきたの今後については、手前も長助ともども、骨を折るつもりでいます。落ち着く先が決るまで、御厄介ですが……」

るいが、いつもの女長兵衛の顔でさわやかに引き受けた。

「よろしゅうございますとも。かわせみが、畝様のお頼みをお断りしたことがございますかしら」

「かたじけない。何分、よろしくお願い申します」

源三郎が長助と帰り、東吾は早速、簞笥《たんす》を開けて自分の着物の中から、おきたに着られそうなものをえらび出しているるいに笑いかけた。

「全く、この宿屋はどうかしているぜ。島帰りの客人をあっさり引き受けちまうんだからな」

「でも、お気の毒じゃありませんか」

「どこの宿屋だって、人殺しときいただけで木戸を突くよ」

「だから、畝様はうちへお連れになったんでしょう」

「全く、あいつのお人よしには困ったもんだ」

しかし、東吾はおきたという女に興味を持った。

源三郎と長助の話を聞いた限りでは、おきたの殺人には謎が多すぎる。

「源さんの奴、親父が解けなかった謎を解く気かも知れないな」

それならそれで片棒をかついでやってもいいと思いながら、東吾は庭を眺めた。

雨はまだ降り続いていて、大川の上がぼんやり霧で煙ってみえる。舟が往くのか、櫓《ろ》の音がくすんで聞えた。

二

「かわせみ」の連中が見る限り、おきたという女は、まことに神妙であった。長い島暮しのせいだろう、痩せてひきしまった体つきは、四十を二つ、三つ出たという年からすると、やや老けているものの、目鼻立ちのはっきりした容貌には、若い時はさぞかし男がさわいだだろうと思わせる色香の名残りがある。

が、口数は極端なほど少く、外へ出かける気もないようであった。

せめて、肌につくものぐらいは新しく、とるいが晒《さら》し木綿を買って来て、

「これで肌襦袢でもお作りなさいまし」

というと、喜んで針を手にした。

で、二、三日すると、

「遊んでいるのもなんですから、もし、縫い直しのような仕事がございましたら……」

と申し出たので、奉公人のお仕着せの縫い直しを頼むと、素人くさい針運びながら、しっかりと仕上げて来た。

「これなら、近所の仕事をもらって上げられるので、その気になって働きませんか」

とお吉が勧め、当人がうなずいて、そうなると面倒みのよい「かわせみ」のことなので、近所の商家に声をかけて仕立物をもらって来た。

ちょうど、冬物の仕度をする季節ではあり、頼み手はけっこうある。

それにしても「かわせみ」の連中が驚いたのは、おきたが島から帰って来て「かわせみ」の二階へ落ち着いて以来、訪ねて来る人が全くなかったことであった。

「御親類もないいんですかねえ。親御さんの店が焼けて潰《つぶ》れちまったにせよ、昔の奉公人なんかで、噂をきいて慰めに来る者がいてもよさそうなものですけど……」

お吉はしきりに首をかしげていたが、番頭の嘉助のほうは、

「世間なんてのは、そういうもんさ。十年一昔というのが、二十年も経っているんだ。おまけに人を殺したとなると、誰も喜んでつき合おうとは思わねえよ」

という。

「でも、罪の償いはすんでいるんですよ」

毎日、顔をつき合せ、少いながらも言葉をかわしているお吉はおきたという女に情が湧いて来たらしく、なにかと親切に面倒をみている。

その日、東吾は講武所の稽古を終えた帰りに、足を伸ばして深川の長寿庵まで出かけた。

お吉に頼まれたわけではなかったが、長助に会って、おきたという女のことを、もう少し訊いてみたいと考えたからであった。

長助は店にいたが、

「おきたの親の家のあった辺りを歩いてみたいんだが……」

といった東吾に、すぐ承知して外へ出た。

深川佐賀町は永代橋の橋ぎわから大川沿いに仙台堀まで横に長く広がっている。

「おきたの生まれた家は、この辺りでして」

長助が教えたのは、南部美濃守の下屋敷に隣接するところで、今は吉野屋という酒問屋の蔵が建っている。

「あの時の火事は大川のほうから燃えて来まして、風が西から吹きつけて、ここらはあっという間に火の海になってしまったようです」

おきたの両親と弟の幸之助の焼死体のあった所は、南部家の高い土塀が行き止りになっている袋小路で、

「火に追いつめられたってことでござんしょう」

長助が声を落した。

「奉公人も焼け死んだのか」

東吾が訊き、

「へえ、手代が二人、商売の用事で川越と佐野のほうへ行って居りましたのが助かりましたが、あとは番頭や小僧まで……なにしろ南部様の下屋敷の土塀の下に焼死人が山になって居りましたくらいで……」

たしかに、その土塀は高かった。

もともと、崖になっている上に築かれていて、屋敷にとっては屈強の火除けになろう

が、火に追いつめられた人々は、地獄の釜の底に閉じこめられたようなものである。

「店が焼けて、主人夫婦も悴も死んじまったとなると、相模屋を建て直すのは無理だったろうが、多少なりとも資産のようなものは残らなかったのか」

東吾の問いに、長助がかぶりを振った。

「ここの地所はもともと吉野屋から借りていたそうですし、少々の売掛金があったとしても、番頭も死に、帳簿なんぞも持ち出せませんで……」

仮に相模屋に借金のあった者でも、正直に名乗って出て金を払う者はまずあるまいと長助はいう。

「せめて、おきたが江戸にいたら、また、話は別だったかも知れませんが……」

生き残った相模屋の娘は、いつ帰って来るか知れない流刑《るけい》の身であった。

「なるほどなあ」

袋小路を出て佐賀町を抜け、掘割にかかっている下之橋を渡った。

同じ佐賀町だが、今まで歩いてきた佐賀町よりも家並が古い。

「こっちは焼けなかったのか」

「へえ、皮肉なもんでございます。僅か一間足らずの掘割が火除けになりましたようで……」

佐賀町の中にはもう一つ掘割があって、そこにある橋が中之橋、そして、佐賀町が終る仙台堀に出て上之橋を渡る。

「向島の、五郎三という隠居の家は、まだあるのか」

おきたが殺したという隠居の住居である。

「へえ、長らく無人になって居りましたが、近頃はとんと、そっちのほうへ参りませんでしたので……」

長助が先に立って、仙台堀の船宿から舟を出させた。

本所深川は水路の町で、なまじ陸を行くより猪牙《ちょき》が便利である。

仙台堀から横川へ出て業平《なりひら》橋の下をくぐってから小梅村で舟を下りた。

見渡す限り田と畑の続くむこうに常泉寺の屋根がみえる。

長助が案内したのは、常泉寺の東側にある廃屋であった。

以前は瀟洒《しょうしゃ》な隠居所だったと長助がいう、その建物は長年、風雨にさらされて、屋根は傾き、柱は朽ちかけていた。

かなり広い庭も、草が伸び放題である。

「ああ、ここでございますよ」

長助が指したところに井戸があった。

釣瓶《つるべ》はこわれて居り、近頃、水を汲んだ様子もない。

「隠居は、井戸端にもたれかかるようにして死んで居りまして、頭から血が流れて、そりゃもう、凄い死にざまでして……」

凶器の鍬《くわ》は、井戸端の近くにころがっていた。

「おきたは、その……すわり込んで居りました」

長助がそこからみえる家をふりむいた。

「待ってくれ」

井戸端に立って、東吾は長助を制した。

「長助親分は、どうして、五郎三がおきたに殺されたのを知ったんだ」

「それはその……」

長助が遠くをみるようなまなざしで空を仰いだ。

「あの時は、御先代の畝の旦那と、吾妻橋の本所側の袂《たもと》にいたんでさ。たしか、駕籠屋《かごや》同士の喧嘩がありまして……」

奉公人が駕籠を呼びに行き戻って来たら、気の短い主人が別の駕籠屋に声をかけて乗ってしまった。

「そいつが、吾妻橋のところでばったり行き合ったもんですから、呼ばれて来たほうが、客をとったの、馬鹿にするな、なんのと、まあ言葉のはずみでなぐり合いになりまして」

橋番がちょうど町廻りの途中だった長助に声をかけ、

「畝の旦那に御厄介をおかけしたんですが」

そこへ、人殺しの知らせが来た。

「誰が、知らせた」

「へえ、五郎三の隠居所の女中で、名前は、たしか、およねでございました。えらく泡をくって居りまして、いうこともしどろもどろで、とにかく行ってみようと旦那がおっしゃったので、およねを追い立てるようにしてここへ参りました」

その時、長助のみた状態が、五郎三は井戸端で鍬でなぐり殺されて居り、下手人のおきたは縁側にぼんやりすわり込んでいたのだというのであった。

「おきたは、自分が五郎三をやったと白状したのか」

「そうなんで……旦那とあっしが庭へ入って行きますと、立ち上りまして、お手数をおかけ致します、と、そんなふうなことを申しました」

「お手数をおかけ申します、といったのか」

「左様です。旦那が、この者をあやめたのは其方《そなた》かとおっしゃると、神妙にうなずきまして、それであっしがお縄にしたんですが、どうも拍子抜けといった感じでございました」

番屋へ曳いて行って、もう一度、調べたが、おきたはしっかりした口調で、間違いなく五郎三を殺したのは自分だといった。

「ですが、そのあとがいけませんや。肝腎の殺す理由が、どうもはっきりしませんで……」

「女中は、およねはなんといったのだ。おきたがなんで五郎三の所へ来たのか……」

「およねは知らねえと申して居りました。家の中で片付けものをしていて、いつ、おきたが来たのか、まるで気がつかねえと……」

叫び声を聞いて庭のほうへ行ってみたら、

「隠居が殺されていたと申しました」

「およねは、おきたを知っていたのか」

「いえ、ですが、あっしは同じ町内で、おきたを知っていましたから……」

井戸のへりから東吾が離れた。

「その、およねという女中、今、どこにいるかわからないか」

「お会いになりてえとおっしゃるので……」

「出来ることなら……」

「よろしゅうございます。あっしが明日にでも品川へ行って参ります」

五郎三は隠居するまで、品川の廻船問屋の主人であった。おそらく、女中はその頃からの奉公人だろうと長助はいう。

来た時と同じように草をかき分けて表へ出た。陽が暮れかけている。

夕闇の中でみる廃屋はまるでお化け屋敷のようであった。

三

長助と別れて、東吾が大川端の「かわせみ」へ戻って来ると、表に町駕籠がとまっていた。駕籠かきがしゃがんで煙草を吸っている。

「かわせみ」へ客を送って来て、用事のすむのを待っているといった恰好であった。

それを横目にみて暖簾《のれん》をくぐると、

「お帰りなさいまし」

出迎えた嘉助が、声を落して告げた。

「おきたさんの所へ、お客でして……」

「客……」

「近江屋の女隠居だそうで……」

「近江屋というと、おきたの嫁いだ家だな」

二階から下りて来る足音がして、東吾は帳場の脇へ立った。

「これは、御隠居さん、もう、お帰りでございますか」

如才なく嘉助が挨拶し、女隠居は、

「どうも、御造作をかけました」

と応じたが、その声音《こわね》は、なにか重いものでも飲み込んだように、ぎこちなかった。

嘉助の揃えた下駄に足を下す際に、上体がよろめいて、

「危うございます」

嘉助が支えて、そのまま、外へ送り出した。

「駕籠屋さん、待たせたね」

という声が聞え、駕籠は「かわせみ」の外を豊海橋《とよみ》のほうへ去って行った。

東吾は二階を眺めた。

かつて、姑だった女が訪ねて来て、帰るというのに、おきたは送っても来ない。

「どうも、いい話で来たんじゃなさそうだな」

戻って来た嘉助に呟《つぶや》いて、東吾はるいに迎えられて居間へ入った。

着替えをしていると、お吉が来た。

「おきたさん、泣いてますよ」

客が帰ったので、茶碗を下げに行ったのだとつけ加えた。

「なにをいいに来たんでしょう。近江屋の御隠居さんは……」

二十年前、おきたが罪を犯した時に、縁は切れている。しかも、おきたの亭主だった吉太郎はすでに病死していた。

「近江屋さんの跡取りの新吉さんというのは、深川の芸者との間に出来た子なんだそうですね」

おきたが近江屋へ嫁入りする前から、吉太郎が馴染んでいた妓で、

「おきたさんが離別されたあと、その女が後妻に入ったそうですよ」

という。

「そんなこと、誰に聞いたんだ」

「おきたさんからですよ。あの人、口が重いからそれだけ聞き出すのに苦労しました」

「おきたに、子はいなかったのか」

思いついて、東吾が訊き、

「いたんですよ」

お吉が得意そうに応じた。

「女の子だそうですがね。別れた時、四つだったといいますから……」

「二十四歳か」

「逢いたいけど、逢えないって、おきたさん、涙ぐんでましたよ」

「もしかして……」

と、るいがいい出した。

「今日、近江屋の御隠居さんがみえたのは、その娘さんのことじゃありませんかしら」

殺人を犯し、島送りになった母親が江戸へ戻って来ている。

もし、娘がそれを知ったら、どう思うか、近江屋にしても気がかりに違いない。

廊下を嘉助が来た。

「只今、おきたさんが帳場へ参りまして、二、三日中に江戸を出るので、挨拶をしたいといって居りますが……」

東吾とるいが顔を見合せ、お吉が顔中を口にして抗議した。

「そんな……おきたさんは行き先が決るまで御厄介になりたいっていってましたよ」

東吾が制した。

「事情が変ったんだろう。とにかく、ここへ呼んで話を聞こう」

嘉助が戻って行って、すぐにおきたを伴って来た。

泣いたあとらしく、瞼《まぶた》が腫れている。

東吾とるいに向って両手を突き、頭を下げたが、なんといったものか、適当な言葉が出て来ない様子である。

「あんた、江戸を出るそうだが、あてがあるのか」

東吾が口を切り、おきたは顔を上げて何かいいかけたが、「かわせみ」のみんなの真剣な視線にぶつかると、力なくうなだれた。

「近江屋の隠居に、江戸を出て行けといわれたのだろう」

追いかぶせて東吾が訊《たず》ね、殆ど消え入りそうな声でおきたが応じた。

「娘の嫁入りが近いそうなんです」

「娘というと、お前の子か」

「おうのっていうんです。もう二十四にもなっちまって……深川の望潮楼っていう料亭の御主人の後妻に入ることが決ったそうです」
十五、六で嫁入りするのが当り前の時代に二十四というのは、嫁《ゆ》き遅れであった。
近江屋ほどの大店《おおだな》の娘が、その年齢まで嫁に行けなかったのは、やはり、母親が人殺しという負い目のためだろうと想像がつく。

「しかし、望潮楼の主人は、おうのの母親が昔、なにをしたかを知っての上で、嫁に迎える気になったのだろう」

同じ深川の内であった。二十年の歳月は経っていても、当時の事件を知らない筈はない。

「ええ、でも、ふた昔も前のことですから、世間は忘れかけています。そこへ、あたしがのこのこ顔を出したら、わあっと評判になって……娘のためにいいわけがありません」

「でも、あなたは罪の償いはなすったんですから……」

いいかけたるいに、おきたがかすかに笑った。

「それは、人殺しなんぞをなすったことのないお方のお考えなんです」

一度、罪を犯した者は、生涯、その烙印を体に刻んだまま生きねばならない。

「だから、あたしは……」

突然、おきたの声が狂った。それまでの何事もあきらめたような淡々とした語りくちが変って、眼が思いつめたように光った。

おきたが何かをいう、と東吾は感じた。今まで、ひたかくしにかくしていた何かを、明らかに口走りそうになっている。

しかし、それは一瞬のことであった。

おきたの表情から生気が消えた。声も亦、それまでの低く、なげやりな調子に戻った。

「近江屋からお金をもらったんです。暫《しばら》く箱根へでも湯治に行って、それから先はまた考えます」

旅仕度もあるので、あと二日ほど泊めてもらいたいといい、おきたは百両の金をるいにあずけて、自分の部屋へ帰った。

「百両は、ちっと多いと思わないか」

夫婦二人になって、東吾がるいにいった。

「近江屋の女隠居は、おきたの産んだ娘を随分、可愛がっていたんだろうな。だからこそ、その縁談に支障が出ねえように、母親を江戸から遠ざけようとした。そいつはわかるが、百両というのは、馬鹿にならない大金だぜ」

るいはうなずいたが、口から出たのは、別のことであった。

「近江屋さんの御隠居は、どうして今頃、おきたさんに会いに来たんでしょうね」

おそらく、おきたが御赦免になって江戸へ帰ったことは、町役人《ちょうやくにん》を通じて、近江屋へもひそかに知らされただろうと、るいはいう。

「おきたさんの実家は死に絶えてしまって、血の続いている人といえば、近江屋さんへ残して来た娘さんだけなんですから、当然、お上のお知らせも近江屋さんへ行くのでしょうから……」

そういうところは、流石《さすが》に昔、定廻り同心の娘だけあって、よくわかっていると、東吾は、恋女房の話を聞いていた。

「もし、近江屋の御隠居が百両のお金を渡すほど、おきたさんのことを気にかけてお出でだったら、もっと早くに会いに来ると思いませんか」

おきたが江戸へ帰って来て、すでに七日が過ぎていた。

「おきたさんはここへ来て以来、一度も外へ出ていません。娘のおうのさんに会いに行ってもいないんです。それなのに、何故……」

「町役人の口から、おきたが帰って来たことが噂になって深川中に広まり出しているのかも知れないな」

「それにしても、なんだか合点が行きません」

「おきたが島送りになった時、おうのは四つか、母親の顔を憶えているだろうかね」

「どんな娘さんに育っているんでしょう。おきたさんも、せめて一目、顔をみたいと思っていなさるでしょうに……」

が、島帰りの母親が、娘に会うのがいいことかどうか、判断はむずかしかった。

四

旅仕度をするといったおきただったが、翌日も外出する様子はなく、ただ、お吉が頼まれて来た仕立物をせっせと縫っている。

「無理をしなくていいんですよ。あとはうちの連中にやらせますから……」

とお吉はいったが、

「いえ、旅に出ればなにかと入用も多いでしょうから、手間賃を稼がせて頂きます」

おきたはもっともらしく答えたという。

「あの人、百両のお金のことを忘れちまったみたいなふうですよ」

なにも、僅かな仕立代をあてにしなくともよさそうなものを、と、お吉は首をひねっている。

「第一、島にいた時も、実家から流人船が来る度に、お役人にことづけて、お金だの、なんだの送ってもらっていたんですって。親御さんが歿るまで、毎年、必ず、仕送りがあって、そのお金も島では使いようがなかったから、そっくり手つかずで持って帰って来たみたいなことをいってましたし……」

島ではもっぱら黄八丈の織り子として働いて来たのだと、お吉は相変らず聞き上手におきたから話を引き出している。

品川へ出かけた長助は夕方「かわせみ」へやって来た。

「およねの居所が知れました」

なんのことはない、深川とは目と鼻の先の中ノ郷村に実家があるという。

「実家の傍に地所を買って家を建て、聟《むこ》さんをもらって暮しているって話でして……」

「中ノ郷村か……」

空を眺めて東吾がいった。

「品川まで一日旅のあげくにすまないが、これから行ってみようと思うが……」

明日、おきたは「かわせみ」を発つ。その前に、どうしても二十年前の殺人の真相を解いてみたいと東吾は焦っていた。

殺された五郎三の隠居所に奉公していて、事件の第一目撃者だったおよねが、或いは何かを知っているのではないか。

「よろしゅうございますとも、若先生がおっしゃらなくとも、あっしはこれから中ノ郷村まで行って、およねが間違いなくそこに住んでいるか、他《よそ》ながらでも見ておこうと思って居りましたんで……」

暮れなずむ空の下を、東吾は長助と永代橋ぎわから猪牙《ちょき》に乗った。

大川を漕ぎ上って吾妻橋の下をくぐると、右手に源森川が大川へ流れ込むあたり、水戸家下屋敷の長い塀がみえて来る。

猪牙は源森川へ入った。

左手は水戸家下屋敷、その塀が尽きると常泉寺で、川からはみえないが、この前、東吾が長助と訪ねた、五郎三の隠居所は常泉寺のかげになる。

源森川は短い水路で小梅村に突き当ると右折して横川となる。そこに架っているのが業平橋であった。

「たしか、この辺りだということで……」

長助が舟を止め、先に岸へ上った。

茶店があって、名物梅飯と布看板が出ている。店を閉めようとしている老婆に、長助が声をかけ、東吾も舟から上った。

「およねさんの家なら、あそこだわね」

老婆の指す方角に、大きな藁葺《わらぶ》き屋根の農家があった。

「たいした家じゃないか。およねの実家は大百姓だったのか」

東吾がいい、老婆がかぶりを振った。

「そうではねえ、およねさんの生まれた家は水呑百姓だ」

「しかし、あの家は……」

「およねさんが奉公先から戻って来て、家から田畑から、そっくり買っただよ」

もともと、甚兵衛という大地主の持ちものだったが、

「悴が、賭事に凝って、えらい借金を作ったんだ。それで売りてえといってるところに、およねさんが帰って来たで……」

女手一つで、えれえもんだと老婆は羨ましげであった。

「いつ頃のことなんだ。そいつは……」

東吾が訊き、老婆は、

「そうよのう、もう二十年にもなるかのう」

と答えた。

およねの家へ向って歩き出しながら、東吾は勿論、長助もわくわくした気持をもて余していた。

二十年前といえば、おきたが五郎三を殺した頃であり、その時分、およねは五郎三の隠居所に奉公していた。

「若先生、こりゃあ、なにかありますぜ」

たかが女中奉公で田畑や屋敷の買えるほどの給金がもらえるわけがなかった。長助が勇み立つのも無理ではない。

遠くからみても立派な百姓家だったが、傍へ来ると更にがっしりした造作《ぞうさく》で、夜の中に威容を誇っている。

だが、広い家の中は、がらんとしていた。

「ごめんよ、およねさんはいるかい」

長助が声をかけて、表の戸を押したとたん、もの凄い勢いで女がとび出して来た。長助を突きとばし、逃げようとするのを、あとから来た東吾が咄嗟《とっさ》に身を沈めて、足を払った。

どさっところげるのを、

「こん畜生」

長助がとびついて、暴れる女に縄をかけた。

けれども、なんで女が逃げ出し、抵抗したのかわからない。

「お前、およねだな」

家の中へひきずり込んで、東吾が訊ねた。

「何故、逃げ出した。どうして、お上に手むかったんだ」

唇を嚙みしめている女に、東吾が言葉を叩きつけた。

「おきたは、なにもかも白状したぞ。二十年前、お前は……」

はったりだったがおよねが真っ赤になって叫んだ。

「知らない。あたしは何もしてやしない」

「お前、口止め料に、いくら貰った。この家も、田畑もその金で買ったのがわかっているんだぞ」

珍しく東吾がどなりつけたのは、相手がかん違いをしているのを幸い、この際、およねの口から真相を吐き出させようと考えたからであった。

果して、およねは声を上げて泣き出した。

「あたしは、ただ、おきたさんに頼まれて……」

はっと、東吾と長助が目を見合せた。

およねの口から出たのが、全く、予想外の名前だったからである。

「正直にいえ。いわねえと、今度は手前が島送りだぞ」

心得て、長助が十手をおよねの鼻先に突きつける。

「お金は、近江屋の御隠居が口止め料にって、あとから……」

「五郎三を殺したのは誰なんだ。ええ、きりきり白状しろ」

長助がおよねの腰を蹴とばした。彼も、思いがけない事態に、いつもより荒っぽくなっている。

「おうのちゃんです」

一瞬、二人の男が息を呑み、長助が夢中で叫んだ。

「馬鹿いえ、四つの子が人殺しなんぞ……」

「はずみだったんですよ。おうのちゃんが抵抗して、隠居さんの胸を蹴とばして、隠居さんがひっくり返って井戸端の石で頭を打ったんです」

嘘じゃない、と、およねは果《はた》しまなこで喋った。

「おきたさんがかけつけた時、五郎三の隠居は頭から血を流して死んでいたんです。それで、おきたさんがおうのちゃんをかばうつもりで、そこにあった鍬で……」

長助が思わず、両手を打ち合せた。

「そういや、畝の旦那がごらんになって、頭の傷が二つあると……」

東吾がこの男にしては、きびしすぎるほど冷たい声で訊いた。

「おうのは抵抗したといったな。五郎三はおうのになにをしたのだ……」

およねが激しく慄《ふる》えた。

「あの人は、けだものだ。小さい子を連れて来て、水浴びさせてやるといって裸にして……ひどい悪戯《いたずら》を……」

とりあえず、およねを中ノ郷八軒町の番屋へつれて行き、長助が番太郎に命じて畝源三郎を迎えにやった。

この取調べは慎重に運ばないと、二十年前のおきたの我が子への思いが水泡に帰すと、東吾が判断したためである。

だが、出て行った番太郎が、間もなく畝源三郎を伴って戻って来た。八丁堀まで迎えに行ったにしては早すぎる。

「吾妻橋のところで、出会ったんです」

早口で源三郎がいった。

「おうのが、かどわかされました」

「なんだと……」

「急ぎますので、走りながらお話しします」

長助をあとへ残して、外へ出た。

源三郎が走って行く道は源森川を越えて、まっしぐらに小梅村へ向っている。

「今しがたですが、おうのが欺されて、近江屋を出ました。呼び出したのは丑之助といいまして、深川のごろつき、というより、おうのが後妻に入る筈の、望潮楼の主人、辰之助の妾、おえんという女の兄に当ります」

「なんだって、そんな奴が、おうのを……」

「女中の話では、母親が近江屋の小梅村の寮で待っていると丑之助がおうのにいっているのを小耳にはさんだというのですが……」

「源さん、近江屋の寮が、小梅村にあるのか」

「丑之助が、言葉通り、そこへおうのを連れ込んでいるといいのですが……」

もし、他へ連れ去ったとなると、えらいことになる。

「すでに、若い連中を走らせていますが……」

源三郎が荒い息を吐いた。

「なんだって、丑之助がおうのを……そうか、望潮楼の主人が後妻を迎えるんで、妾が頭に血が上ったんだな」

ならず者の兄に頼んで、おうのの体を汚してしまおうという、女の考えそうな悪企みに違いない。

「あそこのようです……」

源三郎が手を上げた。

暗い中に、提灯が二つ、三つ、こっちへ向って打ちふられている。

ここは、五郎三の廃屋の、すぐ近くではないかと東吾が思った時、若いお手先がとんで来た。

「旦那、えれえことに……おきたが丑之助の奴を殺しました」

五

近江屋の小梅村の寮の座敷は、凄惨であった。

背中に竜の刺青《いれずみ》のある男が腹に出刃庖丁を突き立てられて、血の中にひっくり返っている。

その近くに、おきたがすわり込んでいた。もし、そこに長助がいたら、場所は違っても二十年前とそっくりな光景なことに気づいたに違いない。

「おうのは、どこだ」

源三郎が訊き、若いお手先が、

「むこうの部屋で、御隠居と医者が手当をしています」

首をしめられて失神するまで、激しく抵抗したらしく、体中があざや打ち身だらけだといった。

「あの子は無事でした」

静かな声で、おきたがいった。

「あたし、近江屋からあとを尾《つ》けてここへ来たんです。刃物を探すのに手間どっちまったんですけど、あたしが入って行った時、あの子は首を締められながら、まだ、あばれ廻っていましたから……」

かすかに白い歯をみせて笑ったのは、娘を守ることが出来た母親の満足の表現なのだろうか。

医者が検屍に入って来たのをしおに東吾はおきたをうながして庭へ出た。

「あんた、娘に会うために近江屋へ行ったのか」

予定では、明日、江戸を出て行く筈であった。

「余所《よそ》ながら、娘の顔がみられると思ったわけじゃありませんでした」

石灯籠に片手をかけて、おきたが夜空を見渡した。月はなく、星がまばらに光っている。

「ただ、せめて、娘のいる家の廻りを歩いてみたい。そんな気持だったんです。それに、気になりましてね」

姑のおたつから娘の縁談を聞かされた時、相手が深川の望潮楼の主人と知った。

「前のお内儀《かみ》さんが歿って五年もやもめで居たっていうんで、派手な商売だし、妾の一人や二人はいるんじゃないかと訊いたら、そっちとはこの際、きちんと手を切ったといったって……お姑さんは世間知らずで安心してましたけど、あたしは近江屋へ嫁入りして、亭主が切れた筈の昔の女とよりを戻しているのに気がついて、けっこう、いやな思いをしましたから……同じ苦労を娘にさせたくないと思いましてね」

近江屋のあたりをぐるりと廻ったら、帰りに長寿庵へ寄って、長助にその点を確かめてもらおうとも思っていたという。

「近江屋の裏木戸のところに駕籠が止っていて、様子をみていたら、おうのが男と出て来て、駕籠に乗って……なんだかわからなかったけど、必死でついて行ったんです」

来てよかった、と、ぽつんと呟いた。

その結果は、娘を守るために人殺しをした。

「一人殺すのも、二人殺すのも、同じようなもんですから……」

あきらめ切った声であった。

「およねに聞いたよ」

東吾の言葉に、おきたがあっという顔をした。

「あいつ、近江屋から法外な口止め料をもらっていたんだな」

おきたが姿勢をたて直した。

「口止め料をもらった人が喋るわけないじゃありませんか」

「いや」

「喋らせちゃいけません。お願いですから、聞かなかったことにして下さい」

いきなり、東吾に武者ぶりついた。

「四つの子になにが出来ると思いますか。あの子はなにもわかっちゃいませんよ。第一、悪いのは……」

「五郎三だ」

「鬼ですよ、畜生ですよ」

「あんた、あの日、ここへ来てたんじゃなかったのか」

東吾の声の優しさに、おきたが素直に首を縦にふった。

「お姑さんがおうのを連れて、ここへ来ていました。あたしは二日ばかり遅れて、あの日に来たんです」

来てみると、姑が按摩をとっていて、おうのの姿がみえない。女中に訊くと、すぐこの先に子供好きの老人がいて、金魚を沢山飼っているからみに来ないかと、おうのを連れて行ったという返事であった。

「あたし、おうのを迎えに行ったんです。そしたら……」

「もういい」

手をふって、東吾がしがみついているおきたを、ゆっくり放した。

「源さんが来たようだ。せめて、今夜ぐらい、かわせみへ泊めてやりたいが、そうも行かないだろう」

おきたがゆっくり背を向けた。自分から源三郎に近づいて行く。

「二十年前は、旦那のお父つぁん、二代続けて御厄介になるなんて、因縁ですよねえ」


半月後、おきたは再度、八丈島へ流刑と決った。

それは、おきた自身が強くのぞんだことでもあった。

「あの島での暮しは気に入っていたんです。機《はた》を織っていれば、充分、食べていけますし、知り合いも少くありません。島の人は親切ですし、仲よしも出来ました。それでも御赦免船に乗って来たのは、娘に一目、会いたかったから……どんなふうに育っているか知りたかったからです。そののぞみもかないましたし……」

娘のおうのは、毎日のように奉行所へ来ていた。

「おっ母さんに罪はありません。なにもかも、あたしのせいなんです。島送りにするなら、あたしをやって下さい」

望潮楼との縁談は断ったし、これから先も嫁入りする気はないといい切った。

「そんなに思いつめるもんじゃあない。あんたの気持はわかるが、お上があんたのいい分を取り上げたら、お裁きが出来なくなる」

親が子をかばい、子が親をかばうのはまだしも、自分の罪を親になすりつける子が出来たり、子を犠牲にして助かろうとする親が出て来ないとも限らない。

「それに、お上も事情はよくわかって下さっているんだ。今度の島暮しはそう長いことじゃない。おっ母さんが帰って来たら、温かく迎えてやることだ。親孝行はそれからだって遅くはない」

近江屋の女隠居のおたつは今度の一件以来、二十年来の気苦労がいっぺんに吹き出たのか、寝たきりの状態になっている。

「おばあさんの看病をして、おっ母さんの帰りを待つことだ。それが、必死であんたを守って来た二人に、なによりの孝行になるんだぜ」

東吾に説き伏せられて、おうのは声をふりしぼって泣いた。

おきたを乗せた舟が金杉橋の袂《たもと》を出たのは、夜あけ前であった。

見送りには、畝源三郎に長助、それに、おうのをつれた「かわせみ」一同が暗い中を岸辺にたたずんで、罪人達が来るのを待っていた。

おきたは、あらかじめ、るいが送り届けておいた新しい縞の着物に、昼夜帯《ちゅうやおび》を締め、長い髪を首の後で一つにまとめて元結でむすんでいた。

おうのは泣きながら、用意して来た日用品や心尽しの品々が入った風呂敷包を渡し、るいも衣類や米などの食べ物の包を嘉助とお吉に舟へ積み込ませた。

それらは喜んで受けたおきただったが、るいがあずかっていた百両を渡そうとすると、

「それは、どうぞ、おうのにやって下さいまし。島では使い様がありませんので……」

と断った。

母親にすがりついて泣き叫ぶおうのをるいやお吉がひきはなし、おきたは行列の最後について舟に移った。

護送する役人と、そこまで送って来た役人が挨拶をかわし、船頭が艫綱《ともづな》を解く。

「おい、体にだけは気をつけろよ」

東吾が岸から声をかけ、おきたが軽く手を上げた。

「やっぱり、江戸へ帰って来てよかったと思いますよ」

娘をよろしくおたのみ申します、といったのが、別れの言葉であった。

舟はゆっくりと、沖に待つ親船へ漕ぎ出して行く。

陽はまだ上らず、有明月が空に消え残っていた。

三日月紋の印籠

一

店の前で呼び止めた朝顔の苗売りから、やがて咲く筈の花の色を一つ一つ確かめながら三本、四本と嘉助がえらんでいるのを、千春《ちはる》の手をひいて眺めていたるいは、豊海《とよみ》橋のほうから急ぎ足にやって来るお千絵《ちえ》に気がついた。

八丁堀の組屋敷に住む畝源三郎の妻で、実家は蔵前の札差である。どちらかというとおっとりとした性格で、万事に慌てず騒がずのゆったりした人柄だから、余程のことがない限り駈け出したりはしない。加えて、二人の子の母親になってから、一層、貫禄がついた。

「源さんの内儀《かみ》さんの肝っ玉には驚くぜ。空はまっ暗、雷はごろごろ、今にも一雨来ようって最中に道のまん中で悠々と挨拶されちまってさ。おたがい、傘は持ってやしねえ。ざあっと来たらどうする気だと、こっちはいい加減、冷や汗をかいちまったよ」

などと東吾がぼやき、

「でも、お濡れになっていませんが……」

「兄上の屋敷へとび込んだんだ。あっという間にどしゃ降りで、おかげで義姉上《あね》の話し相手、麻太郎《あさたろう》の遊び相手で日が暮れちまった」

なぞという話にはこと欠かない。

その、のんびり屋のお千絵が額《ひたい》ぎわに汗を滲ませながら近づいて来たので、るいは自分からそっちへ走り寄った。

「どうなさいましたの。お千絵様……」

「空《あ》いたお部屋ございますか」

「えぇっ」

「お宿をお願いしたい方がありますの」

るいは、つい笑った。

「ございますけど……」

「一部屋でよろしいんです」

「はい、大丈夫……」

「まあ、よかった」

胸をなで下すようにして、改めて時候の挨拶をした。そういう所は娘の頃とちっとも変っていないと、るいは姉のような気分でみつめていた。

「とにかく、お入りなさいませ」

「でも、お客様は宅で待っていらっしゃいますの」

「でしたら、嘉助をお迎えにやりますから……」

「ああ、そうして頂けると助かります」

まだ息を切らしながら、「かわせみ」の暖簾をくぐる。

「お旗本の榊原様の御用人にお頼まれしましたの。お宿を願うのは、お妙様とおっしゃる方とお子の徳太郎様。お三人とも、私共の屋敷でお待ちになっていらっしゃいます」

嘉助が素早く下駄を草履に履き替えた。

「では、御案内して参ります」

「厄介をかけてすみません」

「なんの、とんでもないことでございます」

嘉助が出て行くのをみて、漸く安心したようなお千絵に、るいはいった。

「お客様、藤の間でよろしいかしら」

「藤棚のみえるお部屋でしょう。きっと、お喜びになりますよ」

「でも、花はもう終ってしまいました」

江戸はすでに夏である。

「あら、そうでした。でも、あちらはいいお部屋だから……」

るいは突立って笑いを嚙み殺しているお吉にいった。

「藤の間をすぐお支度して……」

お吉がなんとなく袂《たもと》で口を押える恰好をし、客部屋へ続く廊下をかけて行く。

「承知致しました」

るいのほうは千春をつれて、お千絵を居間へ導いた。

「榊原様は、うちの蔵前の店とおつき合いがございますの」

るいが出した客用の麻の座布団にすわりながら、お千絵が話し出した。

札差という職業は、旗本や御家人など幕府から禄米を頂いている者が、米を金に替える仲介をするのが本業であった。

お千絵が、うちの店とおつき合いがあるといったのは、そのことで、榊原家は長年、お千絵の実家に禄米を委託しているらしい。

「家禄は千五百石で、御当主はずっと勘定所にお勤めでしたから、御内証は裕福でいらっしゃいます」

るいが勧めた茶をおいしそうに飲んだ。

「御用人は大森平大夫様、とても気さくでお話の面白いお方です」

「私どもにお泊りになる方は、御用人のお身内の方ですか」

大川端町の「かわせみ」と八丁堀はそう遠くはない。出来ることなら、客が到着する前に大ざっぱでも客の身分や事情を聞いておきたいと考えて、るいは少々、あせった。

「かわせみ」へ来た時の慌しさを忘れたように、お千絵はいつものお千絵に戻っている。

「御用人のお身内ではなくて……殿様にかかわり合いのあるお方らしいのですよ」

すから……」

「御親類ではないみたい。お妙様とおっしゃる方は八王子のお医者の娘さんとのことで
千五百石の旗本の親類を泊めるのかと、るいは緊張したが、

「御親類とか……」

「お医者様の……」

やれやれと、るいは肩の力を抜いた。

「江戸へは、どのような御用で……」

「それも、まだ、うかがって居りませんの。なんですか、御用人がひどく急いでいらっ
しゃって……」

改めて蔵前の店の番頭にでも訊いて、話に来るといった。

やがて、嘉助が客を伴って来た。

「御用人様は用事がおありとのことで、お屋敷へお戻りになりました」

ということで、客は母子二人。

「何分、よろしゅうお願い申します」

と挨拶した母親は三十をいくつか越えている様子で、如何にも温和な感じがする。連
れている少年は、

「徳太郎と申します。十三歳にあいなります」

母親にうながされて、はきはきと挨拶をした。面ざしは母親似だが、気性はなかなか

しっかりしているように見える。

るいが藤の間に案内し、お吉が茶菓を運ぶと、母子は縁側へ出て大川のほうを珍しそうに眺めている。

そうした客の様子を聞いて、お千絵は八丁堀へ帰った。

入れかわりのように、軍艦操練所から神林東吾が帰って来る。

「源さんの内儀さんが客を紹介したって。八王子から来たそうじゃないか」

帳場で嘉助から宿帳をみせられたという。

「なんで江戸へ出て来たのか、榊原家とどういうつながりがあるのか、なんにも聞いてねえってのも、源さんの奥方らしいなあ」

年下の亭主の憎まれ口を、るいはそっと制した。

「感じのいいお客様なのですよ。本当なら、うちのような宿へお泊りなさる御身分ではないのかも知れません」

「将軍様の御落胤《ごらくいん》か」

「まさか」

「まあ、その中《うち》、源さんが何かいってくるだろう」

お吉が湯舟の支度が出来たと伝えに来て、東吾は笑いながら出て行ったのだが、一汗流していると、裏庭のあたりで千春の笑い声が聞えた。何を喜んでいるのか、きゃっきゃっと賑やかである。

で、湯気抜きの小窓から格子越しにのぞいてみると、一人の少年が竹とんぼを器用にとばし、それを千春が追いかけている。

少年はこちらからだと後向きなので、顔はみえないが、絣《かすり》の単衣に小倉の袴をつけている。

畝源三郎の女房、お千絵が紹介した客の、悴かと東吾は思った。

十三という年齢にしては小柄なほうだろうが、千春に何かいっている声が明るく、如何にも楽しげであった。

湯から上って、浴衣姿でくつろいでいると、千春が入って来た。手に竹とんぼを持っている。

「これ、頂きました」

と、まず母親に告げた。

「どなたから……」

「藤の間のお客様……」

お膳を運んで来たお吉が千春を助けた。

「徳太郎様とおっしゃる坊っちゃまですよ。お嬢さんに竹とんぼのとばし方を教えて下さって、とばせるようになったものですから、それを下さったんです」

千春が竹とんぼをとばした。まだ、ぎこちないが、それなりに廻る。

「お上手、お上手……」

お吉がはやし立て、東吾は自分の前へ落ちて来た竹とんぼを拾い上げた。

「これは、よく出来ているな」

子供の手作りには違いないが、丁寧に竹をけずっている。

「こんないいものを頂いて、ちゃんとお礼を申し上げましたか」

るいにいわれて、千春は大きくうなずいた。

「お父様も、竹とんぼをお作りになれるのでしょう」

竹とんぼを眺めている東吾に訊いた。

「昔はよく作ったよ」

また作ってみようと、いった。

「麻太郎や源太郎《げんたろう》に作り方を教えてやろう」

「千春にも教えて下さい」

「いいとも」

親子さしむかいでの晩餉が終ったところへ源三郎が来た。

「八王子からの客は、どんな具合ですか」

茶を運んできたお吉に聞く。

「今しがた御膳がおすみになって、坊っちゃまのほうがお湯をお召しですが……」

お吉の返事にうなずいてから、るいに会釈した。

「少々、わけありの客ですが、何分、よろしくお願いします」

「榊原家の御落胤か」

すかさず東吾がいい、源三郎が笑った。

「まあ、そうです」

「すると、お家騒動か」

「違いますが……話は少々、厄介なのです」

晩飼はまだらしいと承知して、お吉が板前に作らせた巻き鮨を、嬉しそうにつまみながら、源三郎が話し出した。

「榊原家の御当主は主馬《しゅめ》殿と申されて、勘定方組頭の中でもいたって羽ぶりがよいのですが、過日、卒中で倒れましてね」

「そんな年齢なのか」

「五十になったばかりです」

今のところ、命はとりとめた様子だが、言語障害がひどく殆《ほと》ど喋ることが出来ない。

「奥方との間に嫡男、右之助どのが居られるので、とりいそぎ、跡目相続を願い出たのですが、榊原家というのは三河以来の譜代で、なかなかの名家でして、とかく、名家には厄介なしきたりがあるようです」

先祖が三代家光公から頂戴した三日月紋の印籠というのがあると、源三郎は苦笑まじりに説明した。

「大猷院《たいゆういん》様からの拝領の印籠ですから、まあ家宝です。当主が跡目相続をする時、それを親類縁者、要するに御一門が集まって披露　旁《かたがた》検分するというのですな」

それが、榊原家の代々の家訓になっている。

「要するに出来の悪い子孫が売っぱらったり、質に入れたりしないようにってことなんだろう」

権現様のお供をして三河からやって来た譜代の名門と呼ばれる家の中《うち》、二百数十年も経った今では没落したり、絶家したりという例が少くない。

「榊原家なんぞは、よく保《も》っているほうだろう」

「三日月紋の印籠のおかげかも知れませんがね」

源三郎が最後の巻き鮨に手をのばし、東吾が膝を叩いた。

「わかったぞ、その印籠が奥方の知らない中に妾腹のほうへ渡ってたんだ」

源三郎が首をひねった。

「誰でも、そう考えるものですかね」

「違うのか」

「わからないのですよ」

家宝の印籠は平常、榊原家の仏間の豪勢な仏壇の背後のかくし戸棚の中にしまわれていたのだと源三郎はいった。

「取り出したのは、主馬殿が家督を継いだ時、それから、奥方と祝言をあげられた際、榊原家の家宝として奥方やその御実家の方々におみせになったそうです」

ちなみに、奥方の実家は、これも三河以来の旗本で松平右京大夫重元だとつけ加えた。

「以来、しまいっぱなしだったというのか」

「そうです」

大体、先祖代々の家宝などというものは、どの家でも蔵だの納戸だのの奥深くしまい込むので、なまじっか取り出すとあと片付が厄介だと、だんだん億劫になって、よくよくのことでもないと出さなくなるものではないかと、源三郎はうがったことをいい出した。

「それが狩野何某の描いた龍虎の図だとか、名工の鍛えた銘刀なんぞですと、出して来て自慢も出来ますが、たかが印籠となりますと、みせてもらうほうもあまり有難くない。まして榊原家のは、なんの変哲もない三日月紋が描かれているだけといいますからね」

「源さんもよくいうよ、三代様の拝領品を、なんの変哲もないとはね」

「ですが、三日月が描いてあるだけなんですよ」

たしかに面白くもない図柄であった。

「しかし、そいつが紛失したとなると、えらいことなんだろう」

「表沙汰になると厄介ですな」

「戸棚に鍵は……」

「ありません」

「そこに、家宝をかくしているのを知っている者は……」

「一応、殿様と奥方だけで、だから、奥方は殿様が取り出して、妾腹の子に与えたと疑っているわけです」

「それで、八王子から呼んだのか」

「奥方の考えにも少からず無理があるのですよ」

「かわせみ」の藤の間に泊っているお妙という女は、八王子千人同心の家の娘だという。

その昔の武田家の家臣を中心に幕府が八王子に土地を与え、甲州口への守りにした。日頃は田畑を耕して非常時に備えたものだが、今では槍奉行に属し、交替で日光東照宮の火の番を務めるぐらいで、殆ど、昔日の面影はない。

「父親は医者とのことで、榊原の殿様の知行地が八王子の近くにあるところから、その関係で榊原家へ奉公に出て、お手がついたというものです」

奥方を迎えるに当ってお暇になり、八王子へ帰ってから出産した。

「それっきり今日までなんの音沙汰もなかったそうですから、殿様が母子に目をかけていたとは思えません」

いくら奥方が怖くとも、その気になれば江戸へ呼び寄せることも出来るし、音信も可能であった。

「お妙どのの親兄弟が用人の大森平大夫どのに話されたのによると、手紙一本貰っていないというのですから……」

「用人は八王子まで行ったのか」

「奥方の御親類がなにがなんでも母子を江戸へ伴って来いと厳命したらしいですよ」

表むきは病気の殿様にお妙と徳太郎を対面させるという口実だが、奥方はなんとかお妙をかきくどいて三日月紋の印籠を取り返したい考えのようらしい。

「それも、お妙どのが持っていない、貰っていないといっているのですから、無理な話だと思いますがね」

東吾が眉を寄せた。

「母子に危険はないのか、もしもの場合、消してしまうという……」

「それはないでしょう、お妙どのを殺害しても、印籠は出て来ません」

仮にお妙の家族が印籠をかくしていたとして、お妙と徳太郎が殺されたら、それこそ印籠をぶちこわしても榊原家には渡すまい。

「奥方も、それくらいのことはわかっていますよ」

なんにしても、印籠の所在が明らかになればよいので、榊原家は蔵だの納戸だの手当り次第に家探《や》しをしているという。

「そういうわけですので、何分よろしく」

漸《ようや》く長話を終えて立ち上りかけた源三郎が東吾の膝の横にあった竹とんぼに気がついた。

「なつかしいですね。昔、よく東吾さんに作ってもらいましたっけ」

「俺が源さんに竹とんぼを作ってやったのか」

「大体、わたしは不器用で、苦労して作っても、ちっともとばない。がっかりしていたら、東吾さんが自分の竹とんぼをわたしのと取りかえてくれたんですよ」

おぼえていませんか、といわれて東吾は照れた。

「源さんは、昔のことをよくおぼえているんだな」

「人間、嬉しかったことは忘れないものですよ」

是非、源太郎に作ってやって下さいといい、源三郎はとっぷり暮れた大川端を八丁堀へ帰って行った。

二

お妙母子の事情を知った「かわせみ」では嘉助やお吉はもとより、奉公人もそれなりに緊張した。

なにはさて、泊り客は世が世であれば旗本の側室と若君様なのである。

「下手な口はきけませんし、粗相があっては困りますから……」

とお吉はもっぱら、自分でお膳を運び、何か御用はございませんかとうかがったりしているが、客のほうはまるで鹿爪らしいところがない。

殊に徳太郎は部屋にこもっているのが退屈とみえて、よく庭へ出て遊んでいる。

子供同士というのはいいものらしく、徳太郎が庭にいると、千春もすぐ出て行って一緒に竹とんぼをとばしたり、鞠《まり》つきをしたりしている。

庭の木にはぼつぼつ蟬も出て啼いているのだが、徳太郎はそれを獲ろうとはせず、千春を抱き上げて、

「ほら、あの枝の下にいるでしょう」

などと教えてやるだけで、庭の草の葉の裏から小さな青蛙をつかまえて、千春にみせてくれたりもするが、必ず、

「さあ、もう、お家へお帰り」

と放してやる。

心の優しい少年だというのが、みているるいにもよくわかって、次第に話をするようになった。

母親のお妙も、内気で、あまり自分からお喋りに興ずるというふうではないが、訊ねられたことにはきちんと返事をするし、とりすました所は微塵もない。

榊原家とのかかわり合いについては、るいも触れぬようにしていたのだったが、たまたま「かわせみ」の話になって、るいが早く母を失い、父が歿った後、八丁堀の暮しを捨てて宿屋商売をはじめたいきさつを語ると、羨しそうな表情になった。

「私にもそれほどの甲斐性がありましたら、父や弟に苦労をかけませんでしたのに……」

といい、はじめて榊原家へ奉公に出たいきさつを口に出した。

「父は私が母の顔も知らず、男ばかりの家では、ろくな躾も出来ないと考えて、御奉公の伝手《つて》をみつけて参ったのですけれど、私の本心は御屋敷奉公なぞ、決して望みませんでした。同じ八王子の、同じような身分の人の許へ嫁ぎ、田畑の仕事をしながら、実家と行き来をし、穏やかに暮せればよいと願っていました。でも、父は娘を少しでも幸せにしてやりたい、いい家柄へ嫁入りさせても恥かしくないだけの行儀作法は身につけさせたいと申しました。私、自分の考えをはっきり父に話せなかったのです」

それが口惜しいと唇を嚙む。

「おいくつの時でございましたか」

「十五でした」

「お好きな方なぞ、いらっしゃいませんでしたの」

「私、はにかみ屋で、家族の者以外とは口もよくきけませんでした。それで、父は心配したのだと思います」

今にして考えると、世間知らず、もの知らずだったとお妙は苦笑した。

「殿様が妻にしてやるとおっしゃったのを、信じたのですから……」

千五百石の旗本が、いわば高持《たかもち》百姓の娘を奥方に出来る筈がないと、お妙はうつむいた。

「その言葉を疑いもせず、徳太郎を妊《みご》もってしまった私は愚か者です。徳太郎にすまないことをしたと存じて居ります」

「御奉公に上られた時分、殿様はお独り身でいらっしゃいましたの」

お妙の話だと、そんな感じがしてるいは訊ねた。果して、

「はい、奥方様はまだ御輿入れなさっていらっしゃいませんでした」

という。

奥方が榊原家へ入るのと入れかわりのように、お妙はお暇をもらって八王子へ帰った。

「ですから、奥方様は最初の中、徳太郎が殿様のお血筋とは御存じなかったのです」

以来、お妙が江戸へ出て来るのは十三年ぶりのことだと打ちあけた。

「やはり、お江戸は活気がございますね」

八王子では、時が止ったままだと呟いている。

「ですから、父は欺されるのです」

突然、強い言葉を聞かされて、るいは驚いた。

「お父様が……」

「はい、徳太郎が八歳の時、御屋敷へ召されたのです」

その頃、奥方の産んだ右之助は三歳だったと、お妙は珍しく自分から話し出した。

右之助は生れつき成長が悪く、言語が並みよりも遅かった。

「お遊び相手をというので、徳太郎に白羽の矢が立ったのですが、父は徳太郎を世に出す機会かと思い違えたようでございます」

お妙にとって一番頼りになる弟の作一郎は大坂へ医学の修業に出かけて留守であった。

「徳太郎は半年ほど、榊原様の御屋敷にいて、八王子へ帰されました」

「それは、何故……」

「御用人の話では、徳太郎があまり利発なので、ずっと若君のお側仕えをさせようと、奥方様が徳太郎の身許を調べさせたところ、私が御奉公に上っていたことも、夫もなしに徳太郎を産んだことも、わかってしまったとか」

もともと、徳太郎を名指して右之助の遊び相手に召し寄せたのは殿様だったので、奥方は最初から徳太郎の素性に疑念を持っていたのかも知れないとお妙はいった。

「でも、弟は今でも申します。あの時、徳太郎を御屋敷にとられないで、本当によかったと……」

廊下のむこうで、お吉の声がした。

「まあ、若先生、いつお帰りに……」

お妙がはっとしたように腰を浮し、挨拶もそこそこに庭から藤の間へ去った。

その藤の間からは、さっき千春が持って行った双六《すごろく》をしているらしい徳太郎の声が聞えている。

「どうも、ひどい話なんだな」

るいに迎えられて居間へ入って来た東吾が、やや声をひそめていった。

「聞いていらっしゃったんですか」

「嘉助が、藤の間のお客とるいが話し込んでいるというから、取り次がなくていいと入って来てね」

「女の話を立ち聞きなさるなんて……」

「おかげでいろいろとわかったじゃないか」

榊原主馬がお妙母子にまるっきり情愛がないと思っていたのは間違いで、少くとも八歳の徳太郎を、右之助の遊び相手という口実で呼んだのは、どのように我が子が成長していたか知りたい気持があったからに違いないと東吾はいった。

「ひょっとすると榊原の殿様は、奥方の産んだ子がどうも育ちがよろしくないというのでさきゆきを心配し出したのかも知れないな」

男の子は口が遅いというから三歳で言葉がままならないということもあるだろうが、八歳でやって来た徳太郎は殿様の目にも充分、満足の出来る成長ぶりだっただろうとるいは思う。

「奥方はそのあたりがよくわかったから、さっさと徳太郎を追っ払ったんだ」

「どんなふうになられているんでしょうねえ、右之助とおっしゃる方は……」

徳太郎より五歳年下なら、今、八歳である。

「立派にお育ちになっていらっしゃるんでしょうか」

「まあ、下々なら、ちょっと見に行くって手があるが、千五百石の殿様ん家《ち》じゃ、おいそれとのぞくわけにも行かねえなあ」

と東吾は笑ったのだったが、その翌日、講武所から帰って来ると「かわせみ」の前に立派な武家の女乗物がおいてあって、お供の女中や若党たちがひかえている。

これはこれはと思いながら暖簾をくぐると嘉助が、

「榊原様の奥方が内々で若君をお連れになり、只今、藤の間でお話をなすっていらっしゃいます」

という。

「内々ったって、あの仰々しい供揃えじゃあなあ」

東吾が笑い、嘉助も口許をゆるめた。

「剣呑そうな話か」

「お吉さんが時々、立ち聞きに行ってますが、そうでもねえようで、ただ、奥方は徳太郎坊っちゃんが例の御家宝を持って行ったと思ってなさるふうだとか……」

居間に入ると、奥のほうの部屋に子供が三人、車座になっていて、なにか食べている。るいが台所から麦湯を運んで来て、

「おやまあ、お帰り遊ばせ」

口だけで挨拶して、奥の部屋へ行く。

東吾が自分で床の間の刀掛に両刀をかけ、奥を眺めると、子供達が食べているのは団子であった。

こっちに背をむけているのが千春と徳太郎、その正面にいるのが、どうやら奥方が連れて来た右之助らしいのだが、背恰好は千春と変らない。

「申しわけございません。なにしろ、突然、お出でになったものですから……」

こっちへ戻って来て、るいが小声で告げた。

で、東吾が右之助を目で指しながら、

「八つにしちゃあ、小せえなあ」

とささやく。

「お口《くち》もはっきりしませんの。なにをいっているのか。でも、甘いものは大好きで、徳太郎様が御自分のお団子をさし上げて、千春も一本……」

串団子は一人二本ずつ出したので、右之助は一人で五本平らげたことになるといいつけた。

「大飯食っても育たねえんだな」

なんとなく可笑しくなって眺めていると、父親の帰って来たのに気がついた千春が、ついと立って、こちらの部屋へ来た。

「お帰りなさいませ」

と手を突いてから、るいに告げた。

「あちらが、お団子をもっと欲しいと……」

るいが困った顔をした。

「よろしいのかしら。そんなにあがって……」

「あちら一本も歯がないのですよ。お口をあけてみせてくれました」

東吾が応じた。

「歯がないのに、団子を五本も食ったのか」

「本当はお砂糖をなめるのが一番、お好きなのですって」

「そんな話をするのか」

「赤ちゃんみたいな話し方で、千春にはよくわかりません。でも、徳太郎さんがじっと聞いてあげて……」

「あいつ、半年、遊び相手をしたことがあったからだな」

るいが東吾へ訊いた。

「どうしましょう、お団子……」

「もうやめにしておけよ、腹をこわしたなんぞといいがかりをつけられちゃ、ましゃく、に合わねえ」

るいより先に千春が奥の部屋へ行った。

「もうお腹をこわすから、お団子はいけませんって、お父様が……」

とたんに右之助が赤ん坊のような声で泣き出した。徳太郎がなだめ、裏庭に鶏がいるから見に行こうといっている。

泣きじゃくりながら右之助は立ち上ったが、歩くのもおぼつかない。徳太郎が右之助をおぶった。千春がついて、縁側から庭へ下りて行く。

「あれが、千五百石の旗本を継ぐのか」

　三日月紋の印籠も何もあったもんじゃねえと東吾が呟き、るいも気の毒そうに見送った。

「徳太郎様のほうなら、話は別ですけど」

　縁側へ出て眺めると、右之助は鶏まで怖れて徳太郎の背中にしがみついている。

　お吉が来た。

「奥方様がお帰りになるので、若君様を……」

　るいが庭を指し、お吉は慌てて右之助を連れに行った。

　ものものしい行列が去ってから、お妙が「かわせみ」の居間へ来た。突然に厄介をかけたことを丁寧に詫びる、その目がまだ赤かった。で、東吾が、

「奥方は、いったい、なんだといっているのかな」

　と訊ねてみると、

「あちらは、どうしても徳太郎が印籠を持ち去ったとおっしゃるのでございます」

　流石に腹立たし気であった。

「理由は……」

「徳太郎があちらのお屋敷へうかがうまで、印籠は確かにあったと……」

「八王子へ帰ったあと、印籠のなくなっているのに気がついたとでも……」

「いいえ、紛失にお気がつかれたのは、つい先般だとか」

「それじゃあ、徳太郎が持ち出したとはいえまい」

八歳で遊び相手として半年、滞在しただけであった。

「あちら様は、殿様が徳太郎にお与えになったに相違ないと仰せられます。でも、徳太郎は、もし、殿様から何か頂いたら必ず、私に話します。私に見せないことはございません」

「遊び相手を半年つとめて、お暇を頂いた時、何か頂いたものがございましたの」

るいが口をはさんだ。

「徳太郎を送って下さった御用人から手土産にとお菓子を頂きましたが、父が不快がって小作人に与えてしまいました。それだけでございます」

東吾があきれた。

「半年、幼い者を只働きさせてですか」

お妙が微笑した。

「奥方は、半年、食べさせ、着せてやった恩を忘れたかとおっしゃいました」

別に何をいわれてもかまわないし、自分も父も弟も、徳太郎を榊原家へ戻す心算は全くないのだから、こちらに弱味はないが、

「持ってもいない印籠を出せといわれるのが困ります。ないものはないのですから
……」

途方に暮れて再び涙ぐんだ。

「それは、榊原家のいい分が無法ですよ。いざとなったら逆にお上に訴える方法もある。

知り合いに、今は隠居していますが、その昔、目付まで務めた老人がいます。いざとなったら、力を借りてあげますよ」

東吾が慰め、お妙は礼をいって藤の間へ戻った。

実際、東吾は本所《ほんじょ》の麻生源右衛門《あそうげんえもん》に相談してみようかと考えていた。東吾にとっては兄嫁の父に当る麻生源右衛門は旗本で、当人は目付役を長く務め、その後、西丸御留守居役に替って、近年になって、退任している。

頑固一徹の正義漢だが人情にあつく、面倒みのいいところがあって、下の者から慕われていたし、交遊関係も広い。

源右衛門なら、いい助言をしてくれるだろうと思う。

庭で竹とんぼをとばしていた徳太郎が千春と戻ってきたので、思いついて五目並べをしたことがあるかと訊いた。

「では、教えてやろうか」

「お願いします」

嬉しそうに沓脱ぎから上って来た。

「待ってくれ、すぐ着替える」

講武所から帰って来て、まだ袴をつけたままであった。

るいが乱れ箱を持って来て、東吾は袴の紐を解いた。腰帯につけていた印籠をはずす。印籠は常備薬を入れて持ち歩くものであった。もともとは印判や印肉を入れていたので印籠の名がついた。今はむしろ、武士の装身具といったところがあり、東吾も外出時には必ず腰に提げて行く。

東吾が愛用しているのは、かなり昔に麻生源右衛門からもらったもので輪島塗で、武具の模様が蒔絵でほどこされている。

るいが受け取ったのを、徳太郎がじっとみているので、東吾は帯をほどきながらいった。

「それは印籠だぞ。知っているか」

「いいえ」

という返事であった。

「母や祖父が話していたので、名前は耳にしていましたが、見るのは始めてです」

物珍しそうなので、るいが渡してやった。

「お薬を入れるのですよ」

「薬ですか」

両手に持って眺めている。

「榊原家が探しているのは、三日月紋の印籠だというが……」

蒔絵が榊原家の家紋の三日月紋だと聞いている。

「空に出る月、三日月だ」

着替えをすませて、東吾が碁盤を出して来ても、徳太郎は印籠をみつめている。

「どうかしたのか」

と訊くと、首を振って印籠をるいに返した。

五目並べを教えてやりながら、東吾は徳太郎が何かを考えているのに気がついた。

が、東吾のほうからは何も訊かなかった。こうした場合、そのほうがよいという今ま

での経験がある。

晩餉の時刻が来て、徳太郎は藤の間へ帰って行った。

「徳太郎様は榊原家の印籠の件を御存じなのですね。だから、あなたの印籠をみていらっしゃったのでしょう」

とるいはいったが、東吾は別のことを考えていた。

果して夜になって、徳太郎が母のお妙と居間へやって来た。

「この子が、あなた様にきいて頂きたいことがあると申します」

不安そうな母親に対して、徳太郎はしっかりしていた。

「先程、拝見した印籠のことなのですが……」

東吾は穏やかな目で少年をみつめた。

「手前は印籠を知りませんでした。八王子の家にはございませんでしたし、祖父の所へ参る病人は大方が百姓で、左様なものは持って居りません。祖父や母から印籠といわれても、それがどのようなものかわからなかったのです」

大きく東吾がうなずいた。

「誰でもそうだ。目で見、手で触ってみなければわからないものがこの世には沢山ある」

傍から母親がいった。

「私どもが迂闊《うかつ》でございました。てっきり、この子は印籠をみたことがあると……」

東吾が訂正した。

「みたことがあっても、その名やなんのために使うかを知らなければ、ものと名前は結びつかない。徳太郎どのがいいたいのはそのことでしょう」

徳太郎が東吾に対してすがりつくような目をした。

「おっしゃる通りです。手前は印籠をみたことがあるのです。ただ、それが印籠とは知りませんでした」

「榊原家にいた時ではないのかな」

「多分……八王子では目にするわけがありません」

「それを見た場所は、憶えていないのだろうな」

八歳の子供であった。しかも五年も昔のことである。

「今は、どうしても思い出せません。ただ、御屋敷へ行ってみれば、思い出せるような気がするのです」

そのために明日、榊原家へ行きたいといった。

「その印籠がなければ、右之助様は家を継げないと聞いて居ります。みつけられるものなら、なんとか探してやりたい」

これは兄の声だと東吾は思った。

妾腹としてないがしろにされていても、この子の血の中にあるものが、弟の危難を救いたいといっている。

東吾は決心した。

「よろしい。明日、わたしが一緒に榊原家へ行ってみよう」

「母は行かないほうがよいと思います」

「そうだな。二人だけで行こう」

「ありがとうございます。そういって下さるように思えたのです」

「そうか。明日、午餉をすませたら、出かけよう」

おろおろしている母親の前で、男同士の約束が出来た。

藤の間へ母子が戻ってから、東吾は立ち上った。

「ちょっと、源さんの所へ行って来る」

三

翌日、東吾は軍艦操練所から正午すぎに帰って来た。

午餉をすませた所に、畝源三郎が女房の実家の中番頭、宇之助を伴って来た。

った。

「榊原様の御用は必ず手前が承って居りますので……」

という宇之助は以前、玉川の鵜飼の時なぞにも挨拶しているので、東吾も顔馴染であった。

しっかり者で機転がきく。

「まず大丈夫とは思うがね。万一、さわぎにでもなったら、かまわずどんどん逃げ出してくれ」

東吾が耳にささやくと少し緊張したが、

「どうぞ御心配なく。手前も御新造様の御縁で、だいぶ度胸がすわりました」

と苦笑する。たしかに店の女主人が八丁堀の定廻りの旦那の御新造になってからは、店の奉公人も捕物馴れする筈だと東吾は源三郎と顔を見合せた。

お吉が呼びに行き、徳太郎が母親に送られて出て来た。

「よろしくお願い申します」

板の間にすわって、形のよいお辞儀をした。

「飯は食ったか」

「はい、二膳頂きました」

「あんたは度胸がいいよ」

母親にいった。

「心配しないで待ちなさい。徳太郎どのは千五百石以上の肝っ玉を持っているよ」

榊原家は西本願寺の北側、備前橋の近くであった。

敷地は広く、立派な門がまえである。

「手前はここでお待ちします」

源三郎がいったのは、町方役人が下手に同行して、先方から支配違いをいい立てられるのを避けるためであった。

宇之助が心得たように裏門へ廻って行く。

間もなく戻って来て、

「只今、こちらの通用門をお開け下さるそうで……」

という。待つほどもなく、通用門が開いた。

顔を出したのは初老の武士で、

「御用人の大森平大夫様で……」

と宇之助が紹介する。

「手前はかわせみの主人、神林東吾と申す者、徳太郎どのが昔のことを思い出したといわれるので、後見人として同道致した」

人を食ったような東吾の挨拶だったが、用人の耳には徳太郎が何かを思い出したという条《くだり》しか聞えなかったらしい。

「三日月紋の印籠のありかがおわかりか」

度を失った声で聞く。

「それは、これから御屋敷内を探してみなければわかり申さぬ」

徳太郎の代りに東吾が返事をして、そのまま、通用門を入った。

白砂利を敷いた道が玄関まで続いている。

式台の所で、東吾はついて来た宇之助に声をかけようとしたが、

「手前は折角、こちらまで御案内して参りましたので、お目にかかれるかどうかわかりませんが、奥方様に御挨拶をして参ります」

手土産らしい包をみせながら、用人に、

「お女中衆に取次ぎをお願い申して参りますので……」

勝手知ったように裏へ廻って行った。

おそらく、畝源三郎の指図だろうと思いながら、東吾は用人にいった。

「早速ながら、御仏間に御案内願いたい」

気を呑まれた恰好で用人が先に立ち、東吾は徳太郎と共に続いた。

仏間は立派なものであった。正面に安置されている仏壇は大きく内部は金色燦然と輝いている。

「かくし戸棚というのは、どこに……」

東吾が訊き、用人は渋々、仏壇の裏側を教えた。

それはかくし戸棚というほどのものではなかった。仏壇の真裏の下の部分に小さな切り込みがあり、それを下に押すとひき出しが現われる。

「印籠もこのひき出しの中にしまってござったが……」

用人がひき出しを引いた。なかにはなにも入っていない。のぞいてみて、東吾はすみに小さな黒いかたまりがあるのに気づいてつまみ上げた。みたところ、鼠の糞のようだが、

「これは甘納豆ではないかな」

小豆で作ったその菓子は近頃、千春が食べるので、東吾も一粒二粒もらって口にすることがある。かなり以前にそこに入ったらしくからからに乾いて固くなっていた。

「甘納豆……」

小さく、徳太郎が呟いた時、

「若様、いけません、そちらへいらしては」

女中の声がして、危っかしい足取りの右之助が入って来た。徳太郎の姿をみると、廻らない舌でなにかいいながら嬉しそうにしがみついて来る。

「ああ」

と徳太郎が小さく叫んだ。

「甘納豆です」

「あまらっとう」

右之助がいった。

「あまらっとう、たべる」

「そうです。甘納豆でした。あれに甘納豆を入れて、そうすれば誰にも見つからずにお好きな時に食べられるからと……」

徳太郎が右之助の前に膝を突いた。

「あのいれものはどうされましたか。甘納豆を入れて、若様が持っていた黒い、四角い、これくらいの……」

右之助が徳太郎の手を摑んだ。

「あまらっとう、たべる」

「はい、ですから、私の申し上げることをよくお聞き下さい。甘納豆をしまった大事な大事ないれものは、どこにありますか」

「あまらっとう」

「そうです。母上様がもう召し上ってはいけないとおっしゃって、お泣きになったでしょう」

「母上は……いけない……」

「そうです。甘いものばかり召し上ってはいけませんと……」

「たべたい。たべる」

幼児のようにむずかり出した。

「さし上げます。ですから、あの黒いいれものは……」

「いれもの……」

「私が甘納豆を入れてさし上げました」

泣くのをやめて、右之助は考え込んだ。

「さとう……さとう」

「さとうですか」

砂糖だと東吾は気がついた。低声で徳太郎に、

「砂糖ではないか」

とささやく。

「砂糖を、右之助様はあれにお入れになったのですか」

「うん……」

「それで、それはどこに……」

「あかない。あけてくれ」

よろよろと右之助が歩き出し、徳太郎がその手をひいて行く。

そこは右之助の部屋のようであった。

木馬がおいてある。玩具の刀、人形、饅頭をのせたお盆。

右之助が部屋のすみの唐櫃を指した。

「あちらですか」

「そう、あかない。さとう、たべられない」

人さし指をしゃぶり出した恰好はとても八歳にはみえない。

徳太郎が唐櫃の蓋を取った。それは、右之助の玩具箱のようであった。

用人と東吾が近づいた。

大小の犬張子が入っている。こわれた五月人形だの、なにやら雑多なものが放り込んであるのを、徳太郎がかき分けた。右之助が一緒になって手を突っ込み、黒い、四角いものをひっぱり出した。

それは印籠であった。石などで叩いたのか、ぶっつけたのか、無惨な形になっている。

「あかないのだ。たたいても……さとう、たべたい」

右之助の手からそれを徳太郎が取り上げ、東吾に渡した。

成程、開かない。おまけにべとべとした。用人が印籠をのぞいて仰天した。

「これは、御家宝の……」

その声はちょうど部屋へ入って来た奥方の耳にも届いた。

「それじゃあ、御家宝の印籠の中に入れた砂糖がとけて蓋がとれないからって、右之助様が石で叩いたり、柱にぶっつけたりしたっていうんですか」

一件落着しての「かわせみ」の夕方、お吉が漸く畝源三郎の口から真実を教えてもらって、けたたましい笑い声を上げた。

「なんだ。東吾さんは話して行かなかったのですか」

徳太郎を伴って榊原家を訪ねた翌日、東吾は急な招集で軍艦操練所へ行き、そのまま練習艦を大坂へ運ぶために出航した。

「おるいさまはお聞きになったのでしょう」

とお千絵にいわれて、るいはうなずいた。

「大体のことは……でも、なんですか、右之助様というお方がお気の毒で……」

尋常でない育ち方をしている少年のことを軽はずみに話したくないというのが、るいの本心であった。この「かわせみ」で団子を旨そうに食べていた姿を目にしているだけに一層、不愍という気持が強い。

「たしかに、右之助様はお気の毒ですよ。なにしろ、徳太郎どのが帰られてから、あいたがって泣いてばかりいるとのことですから」

源三郎が人の子の親の表情で話した。

「しかし、血眼になって探していた家宝の印籠が、若君の甘納豆入れになっていて、しかも、甘納豆が頂けなくなった後、盗み出した砂糖をつめて、時々、なめていたというのは、やっぱり可笑《おか》しいですよ」

砂糖がとけて蓋が開かなくなった印籠は、右之助が癇癪《かんしやく》をおこして叩きまくったから、もはや、がらくたであった。

「どうなさいましたの、榊原様では……」

るいが訊き、お千絵がまた笑い出した。

「新しいのをお作りになったのですって」

源三郎がつけ加えた。

「要するに古びてみえる偽物を注文して、そちらで来月早々、御披露をなさるそうです」

集まった親類方の中で、もし、それを偽物と気がつく者がいたとしても、誰も口には出さない。

「まあ、拝領の家宝などというものは、それでよいのですな」

お妙と徳太郎は天下晴れて八王子へ帰ったし、榊原家も一応、納まった。

「いろいろ、御厄介をおかけしましたが、一件落着しましたので……」

越後の酒をぶら下げて来たのは、東吾と一杯やるつもりだったが、

「東吾さんが戻られたら、出直して来ます」

源三郎夫婦が帰り、るいは千春を抱いて大川のふちへ出た。

遠く、大川の河口が広がってみえる。

「お父様のお船、早くお戻りになるといいけれど……」

沖の白帆にるいが呟き、千春は小さな手を振った。

築地居留地の事件

一

永代橋《えいたいばし》に程近い大川端町《おおかわばたちょう》にある小さな旅宿「かわせみ」の表にある昔ながらの掛け行燈《あんどん》の前に立って手前の町屋越しに鉄砲洲《てっぽうず》の方角を眺めると、なんとも異様な風景が広がっていた。

その一帯は、御維新前まで大名の広大な抱屋敷《かかえやしき》があって、別に表門の柱に何某と書かれた札などかけていないにもかかわらず、その周辺の町屋暮しをする者は、こちらは阿波の殿様の御下屋敷、むこうは松平遠江守様の御上屋敷、その南側には小倉の殿様の御中屋敷、もっと奥にあるのは中津藩だと、みんなが心得ていた。

それが少しずつ、取りこわされて更地が出来たかと思うと珍妙な建物がぽつんぽつんと建ちはじめ、それらは西洋人が住むらしいとわかって附近の住民は仰天《た》した。

あれから、もう何回、お正月を迎えたことかと、神林千春《かみばやしちはる》は小さな溜め息をついて行燈に灯を入れた。

そのまま暖簾《のれん》口を入りかけて足を止めたのは、どこかで誰かが大声で呼んでいるような気がしたからである。

二、三歩、道へ戻って声のするほうを見た。

たった今、眺めていた鉄砲洲の方角から男の人がもの凄い速さで走って来る。

夕闇の中で千春は立ちすくんだ。距離からして顔がわかる筈がない。にもかかわらず、もしやと思った。すぐに、まさかと否定する。

だが、その人は手を上げて叫んだ。

「千春」

「麻太郎《あさたろう》兄様」

返事より先に下駄が地を蹴っていた。

片手で裾を押え、まっすぐに正面をみつめたまま、千春は狂気のように走った。

道のまん中で二人の体がぶつかり合い、千春は自分を抱き止めてくれた人の顔をまじまじと見た。

髪は数年前からお上が奨励してこの節の若い男がみんなそうしているように短かく切って斜めに分けている。だが、くっきりした眉の下に大きく輝いている双眸と、神林の伯父様にそっくりの形のよい鼻、今にも笑い出しそうな口許は、千春の瞼《まぶた》に焼きついている「麻太郎兄様」に変りはなかった。

「いつ、いつお帰りになったのですか」

息がはずんで、声が途切れた。

「昨日だよ。昨日の朝、横浜の港へ着いて、鉄道で新橋まで、そこからまっすぐ狸穴《まみあな》の家へ帰った」

「伯父様も伯母様も、どんなにお喜びになったか」

「ああ、喜んで下さった。どうして横浜へ着く日を知らせてよこさなかったか、迎えに行ったものをと父上に叱られてしまった」

「かわせみ」の暖簾口から老爺が顔を出した。掛け行燈に灯をともしに行ったきり戻って来ない千春を案じてのことであったが、薄暮の中に立っていた麻太郎が目ざとく見つけて、

「嘉助《かすけ》」

と呼んだとたんに化石のようになり、喉許《のどもと》まで出かかった言葉を呑み込むと老人らしからぬ足取りで近づいて来た。

「若旦那様、御立派になられて……」

男は泣くものではないという口癖に反して、涙がついと眼尻を伝わった。

「嘉助も達者でなによりだ」

「有難う存じます。まず、お入り下さいまし。御新造様もどのように驚かれますことか」

嘉助が先導して、麻太郎が千春と一緒に「かわせみ」に入ると帳場にいた若い男が、

「お出でなさいまし」

と挨拶したのは泊り客が着いたと思ってのことであったが、嘉助から、

「神林様の若様だよ」

といわれて、わあっと声を上げた。

「申しわけございません。お帰りなさいまし」

慌てて頭を下げるのをみて、麻太郎が千春に訊いた。

「方月館にいた正吉《しょうきち》だな。どうしてここにいる」

千春がくすっと笑った。

「嘉助さんの跡継ぎです。ここの店の番頭さん」

「そうなのか」

台所に通じる暖簾をかき分けて老婆が出て来た。まっ白になった髪をきちんと結い上げて、縞の着物に繻子《しゅす》の腹合せの帯。

「お吉《きち》だね」

呼びかけた麻太郎の声が明るかった。

「狸穴で昨夜、麻生《あそう》の宗太郎《そうたろう》叔父上がおっしゃったよ。かわせみは嘉助もお吉も昔とちっとも変らないと……」

「いいえ、年を取りましたですよ。でも、こうして若様にお目にかかれました」

お吉が昔のままに盛大な泣き声を上げ、続いて女中達や板前までが出迎えに出て来た。

それらの挨拶を受けながら、麻太郎は奥へ通じる廊下口にひっそりと立って自分をみつめている臈《ろう》たけた女人に気がついた。

「叔母上、只今、帰りました」

「お帰り遊ばせ。長いこと、御苦労様でございました。どんなにかお帰りをお待ち申して居りましたことか」

静かに廊下にすわって手を突いた形の良さや、優しい中にも凜とした声音に麻太郎は胸を熱くした。

本来なら、この人と共に自分を迎えてくれる筈のこの家の大黒柱に当る人の姿がないことを、麻太郎は昨日、狸穴で養父である神林通之進《みちのしん》から聞かされていた。

どれほどの衝撃がこの人を、そして「かわせみ」のみんなを襲ったかを、麻太郎は「かわせみ」に来て改めて思い知らされていた。

全身で喜びを現わしながら、自分を取り囲んだ「かわせみ」の人々の目に自分がどのように見えたかを、麻太郎は知っている。

昨日、五年半ぶりに狸穴の屋敷へ帰った時、父が思わず洩らした一言を麻太郎は万感の思いで聞いた。

「まるで、東吾《とうご》が戻って来たような……」

それほど自分は長年、叔父上と呼んでいた実の父にそっくりなのかと、夜更け、漸《よう》やく自分の部屋で一人になった時、灯の近くに鏡を持って行ってつくづく我が顔を眺めたものである。

それ故、先刻、門口で嘉助が咄嗟に口に出しかけてそのまま声にしなかった言葉が誰の名前であったかも、すぐにわかった。

麻太郎にとっても、これは重く、悲痛な現実であった。

「かわせみ」の居間に通って、まず仏壇に向って、麻太郎は再び、息を呑んだ。

白木の位牌にはなにも書かれていなかった。

戒名はおろか、その人の名も記されていない。狸穴の仏壇にあったのも、全く同じ位牌であった。

そのことは、神林東吾という一人の人間の死を、彼を知るすべての人々が認めていない証《あか》しであった。

麻太郎がこの国を発《た》って、イギリスへ留学してから、その人は行方不明になった。

狸穴の父の言葉をそのままにいうなら、乗っていた船の行方が知れぬように、乗組んだ人々の生死も不明である。しかし、我らは神林東吾は生きていると信じて居る。位牌を作ったのは、万に一つの場合、彼を供養する者がなくては仏になった者にすまぬと思う故で、それでも自分は命ある限り、弟の命の絆《きずな》を放しはしない、という必死の想いが家族は勿論、その人を敬愛するすべての者の上にある。

それは信念であると同時に祈りなのだと麻太郎は感じていた。

「麻太郎兄様は、お帰りになったらバーンズ先生の病院でお働きになると、花世《はなよ》様がおっしゃっていましたけど、本当ですか」

千春の声で麻太郎は仏壇の前から隣の居間へ移った。

部屋には炬燵《こたつ》があり、長火鉢の上には鉄瓶が白く湯気を吐いている。

「実は今日、ここへ来る前にバーンズ先生の所へ父と麻生の叔父上と共に帰国の御挨拶や御礼を申し上げに行ったのです。改めて、先生にお傍で勉強させて下さいとお願いしました。先生には快く御承知頂きました」

千春がバーンズ先生といったのは、築地居留地で開業している医師である。御維新前に来日し横浜で医療にたずさわっていて、同じく医師である麻生宗太郎と親しくつき合って来た。

弟のフィリップ・バーンズがイギリス領事館に勤務していて、兄弟揃って親日家であり、麻生家とは家族ぐるみ昵懇《じっこん》でもあった。

麻太郎のイギリス留学もバーンズ兄弟の尽力によるものであるし、麻太郎が渡英する際は、たまたま日本から帰国するフィリップ・バーンズ夫妻と同じ船で、イギリスでの滞在中も親身になって世話をしてくれた。

「麻太郎様は、むこうでは西洋人の着物をお召しになっていらしたのでしょう」

香ばしい煎茶に串団子を添えて麻太郎の前へおいた千春の母が、紺青の紋付羽織に仙台平の袴をつけている麻太郎の姿をみて訊《き》いた。

「左様です。むこうへ着いてすぐにバーンズ夫人があれこれ見て下さって、最初はなんとなく窮屈で……今度、帰って来る時も船の中ではずっと服を着ていました。ですが、狸穴の家で風呂に入って着物を着たら、なんだかほっとして……」

「今日のお召しもの、よくお似合いですよ。御留学中に、お母様がお見立てになったのでしょう」

「そのようです。裄丈《ゆきたけ》は畝源太郎《うねげんたろう》君の寸法と同じにしておいたとか……」

母国を出て五年半の歳月が過ぎていた。

遠く離れて暮す我が子の成長を、養母は息子の友人である青年を見ることで、あれこれと思い描いていたのかと麻太郎は子供の時のように帯まで結んでくれた狸穴の家の母を思い出した。

二

「かわせみ」で小半刻（三十分）ばかり、とりとめのない話をして、麻太郎は、

「これから源太郎君を訪ねたいと思いますので……」

と挨拶をして暇《いとま》を告げた。

すぐ近くではあるし、大体、見当もついているからといったのに、千春は道案内という名目で麻太郎について来る。

行った先は亀島川から分れた掘割に架る一ノ橋の近くで、麻太郎が胸を衝かれたのは、

その岸辺から亀島川を望むと、対岸はその昔、八丁堀と呼ばれた武家地で南北両町奉行に属する与力、同心達の屋敷が集っていた一角であったからだ。

麻太郎が六歳で養子に入った神林家も、源太郎の生まれた畝家もその中にあった。

今、その大方は取りこわされ、残っている家も住人はすっかり変っている。

以前は、新川の商家の隠居所に使われていたという源太郎の家は掘割に向って形ばかりの門があり、その太い柱に細長い木看板がかけてある。

よろず探索仕り候　畝源太郎
と書かれた文字を麻太郎が眺めていると、先に家の玄関へたどりついた千春がまた一人、麻太郎にとってなつかしい顔を伴って戻って来た。

「長助《ちょうすけ》じゃないか」

「若様」

みるみる両眼がうるんで、長助が泣くまいと歯をくいしばったのに、麻太郎は気づいた。

長助も亦《また》、自分を見て、反射的に未だ帰らぬその人を思い浮べてしまったに違いない。

それがわかりながら、麻太郎は故意に明るくいった。

「源太郎君はいるか」

「それが、日本橋のお屋敷のほうへお出かけになりまして……」

一瞬、途惑った麻太郎に、千春が教えた。

「お店です。お千代《ちよ》さんとお母様がそっちで御商売を……」

ああ、と麻太郎は合点した。畝家では源太郎の母と妹が日本橋で西洋の古美術を扱う店を出していると狸穴の家で昨夜、母が教えてくれていた。

「もう、お帰りになると思うんで……どうぞお上りなすって……」

鼻の頭をちょいとこすって長助がいい、麻太郎はすっかり暗くなったあたりを見廻した。

「それでは、わたしは待たせてもらうが、長助、千春を送って行ってくれないか」

「あたしは一人で帰れます」

「駄目だよ。年頃の娘に夜道は剣呑だ」

玄関を入った長助が提灯を持って出て来た。

「お送り申して参ります」

「麻太郎兄様」

千春が早口で告げた。

「バーンズ先生の所へいらっしゃるようになったら、かわせみはすぐ近くなのですから、しょっちゅう寄って下さい。お話ししたいことも、お聞きしたいことも、たんとありますからね」

「わかった。もう来るなといわれるまで出かけて行くよ」

「嘘ついたら針千本ですよ」

「いいとも」

長助が先に立ち、千春は麻太郎に手を振って、名残り惜しげに去って行った。

なんとなくその後姿を見送っていたのは、桃割れに結い上げ、縞柄のところどころに菊の花を散らした染め友禅の着物に格子の帯を結んだ初々しい娘になっていた千春に改めて感心したせいである。

背後で下駄の音がした。

「やあ、帰って来ましたね」

陽気に声をかけられて、麻太郎もつい笑い出した。

「源太郎君こそ、よく帰って来たな」

「わたしは日本橋から、麻太郎君はイギリスから。帰って来た重みが違いますよ」

肩を並べて家へ入った。

「千春がついて来たので、長助に送ってもらったところなんだ」

「千春ちゃん、いい娘になったでしょう」

「なかみはあんまり変ってないがね」

「この界隈だけでも、千春ちゃんに岡惚れがごまんといますよ」

「驚いたな」

玄関を入ってすぐ奥の部屋に行燈がついていた。長火鉢の前後に座布団が出ているのの一枚は客布団で、長助が出がけに慌しく出して行ったものらしい。

「長助と一緒に暮しているのか」

「むこうが勝手にやって来るのです。もっとも、この家を探してくれたのも、借りてくれたのも長助でしてね。長助にしてみれば、わたしが心配なのでしょう」

座布団へはすわらず、麻太郎は友人に向って両手を突き、深く頭を下げた。

「源太郎君の父上のこと、狸穴へ帰って親達から聞いた。心からおくやみ申し上げる」

炭箱を取りに行こうとしていた源太郎が慌ててすわった。

「有難う」

「残念だ。さぞかし御無念であったろう」

「母も妹も、涙が枯れるほど泣いたよ。わたしにしても、あんな事で父を失ったのは無念でないことはない。まだまだ生きていてもらいたかった」

立ち上って炭箱を取って来た。長火鉢の上の鉄瓶を下して、案外、器用に炭を足す。

「長助が帰って来ない中《うち》に話すが、父上はなすべきことをなされて、その結果、歿《なくな》られたのだと思う」

長火鉢に鉄瓶をかけ直し、火箸を取って灰をならした。なにかしながらでないと話せないという源太郎の気持がわかって、麻太郎は両手を膝におき、友人をみつめた。

「ちょうど麻太郎君がイギリスに発って行った年だ。町奉行所は総督府に引き渡された」

上野彰義隊が五月十五日に鎮圧されて、江戸を完全に占領した東海道鎮撫総督府は早速、旧幕府の勘定奉行、寺社奉行並びに町奉行を廃止して江戸鎮台府を置いた。

南北両奉行所の建物、記録など一切を渡すように指示があって、五月二十一日に受取役が官軍の兵士をひき連れてやって来た。

「麻太郎君も聞いていると思うが、町奉行所では上野の彰義隊にただの一人も参加しなかった。それは、町奉行所の任務は江戸八百八町の人々の命を守ることを第一としたからで、実際、あの時、父上達は官軍の味方もしなかったが、彰義隊に加勢もしなかった。どさくさにまぎれて罪もない江戸の人々が殺害されたり、家屋を焼かれたり、家財を奪われたりするのを守り抜こうと必死になった」

長火鉢の炭がはぜて、小さな音をたてた。

源太郎が僅かの間、沈黙し、また話し出した。

「総督府、いや鎮台府というべきかな。とにかく官軍の連中は、あまり見事に奉行所を引き渡した八丁堀の面々に或る種の敬意と怖れを感じたのかも知れない。町奉行所は名前だけは市政裁判所と変ったが、実際、そこで働く人間が決らない。とりあえず、与力、同心の人々に現職に留まってくれと要請が来た。そりゃあそうさ、名前ばかり変えたってそこで働く者は一朝一夕には機能しない。それでなくたって江戸は治安が悪くなって……」

そこで源太郎は大きく肩で息をした。

「忘れはしないだろう。本所の麻生家が襲われたのは……」

麻太郎の表情が更にひきしまった。

「忘れるものか。死んだって忘れやしない」

麻太郎が留学する以前であった。いや、麻生家のその事件があったればこそ、麻太郎は留学することになったのだ。

その日、麻生家では当主の宗太郎は急病人との知らせで患家へ出むいていた。長女の花世は近く留学する弟の小太郎《こたろう》のため、母に代って買い物に深川まで行っていた。

賊がどういう者であったかは、留守をしていた家族が一人残らず斬殺されていたため、全く判らない。手文庫の金と、隠居の麻生源右衛門《げんえもん》の所持していた銘刀が五振、盗まれているのが、帰宅した宗太郎と花世の証言で明らかにされたものの、手がかりはまるでなかった。

麻太郎が周囲から強く勧められて急遽、留学せざるを得なかったのは、小太郎の身代りに是非、行ってもらいたいと宗太郎が願ったためでもあったのだ。

「父はずっと麻生家の事件を調べていた。新政府の役人になんぞ出来ることじゃないし、奴らはする気もないだろう」

旧幕時代の旗本の家族が御維新のどさくさの最中に賊に押込まれて殺害された事件を、町奉行所に代って設立された市政裁判所が改めて捜査をする筈がないと、畝源太郎はきびしい口調でいった。

「そうか。源太郎君の父上は麻生家の事件を調べて居られたのか」

隠居の麻生源右衛門とその娘で、麻生宗太郎の妻であった七重《ななえ》、夫婦の間に誕生した嫡男の小太郎の他、奉公していた者まで無惨に殺害されていた。

目撃者はなかった。

麻生家は敷地が広い。片側は小名木川沿いであり、周辺は武家地で町屋はない。

「父はただの押込み強盗とは考えて居られなかったのだ。わたしには何もおっしゃらなかったが、父と一緒に探索していた長助の話によると、細い糸をたぐるようにして僅かながら光がみえていたようなのだ。そんな時に、父は殺害された」

源太郎の眼が光ったのは、溢れそうになった涙を辛うじて瞼のふちで止めているせいであった。

「あの日、父は長助と上野の御山の脇を天王寺沿いに下りて来られたそうだ」

長助の話によると、畝源三郎は途中で一度、誰かに尾《つ》けられている、といった。ふりむこうとする長助を制して寺ばかりが並ぶ一本道を千駄木坂下町へ向う途中、ちょうど源三郎と長助が通りすぎた道へ近所の子供が二人出て来た。

「あとで知ったことだが、三崎町に住む商家の子供が親にいいつけられて大圓寺の坊さんの所へ行く途中、五つの男の子と七つの姉娘でね、長助はなんとなく自分の背後を姉弟が手をつないで道を渡るのを目にしていたそうだ」

もの凄い馬蹄の音が近づいたのはその時で、天王寺の方角から一頭の馬が疾駆して来た。

長助があっと思ったとたん、源三郎は二人の子を両脇に抱えて道のすみへ走った。その背に向けて馬上から短銃が二発たて続けに撃ち込まれた。馬は走り去り、狂気のようにすがりついた長助に、源三郎は、

「子供達は無事か」

と訊いたという。

「二人とも無事でござんす。旦那、しっかりしておくんなさいまし」

声をふりしぼった長助にうなずいて、源三郎は瞑目した。

麻太郎が懐から手拭を出して顔に当てた。歯をくいしばっても嗚咽が洩れる。実をいうと麻太郎は昨夜、父の通之進から源三郎の死についておおよそは聞かされていた。その折、通之進も泣いたし、麻太郎も暫くは涙が止らなかった。

けれども、今、あらためて友人の口からその時の様子を聞くと、瞼の中になまなましくその状況が浮んで来て、泣くまいとするとよけい涙が流れて来る。

「すまない。折角、帰国した麻太郎君にこんな話をするつもりはなかったのに……」

拳《こぶし》で左右の涙を払いのけて源太郎が無理に笑った。

「要するに、わたしが門口に探索仕り候などという看板をかけて一人暮しをしているのは、一つには父の志を継いで麻生家の事件の真相を解くこと、今一つは父を殺害した下手人をみつけ出そうと思う故です。しかし、大義名分だけでは食えませんから、迷い子になった猫を探してくれとか、家出した娘の行方を突きとめてもらいたいなぞという依

頼を引き受けて探索料をもらっているわけです」

「源太郎君」

麻太郎が友人の手を摑んだ。

「わたしもやる。やらせてくれ」

源太郎が子供の時と全く変らない、人のいい微笑を浮べた。

「そういってくれるのを内心、頼みにしていました。但し、バーンズ先生は麻太郎君が帰って来たら御自分の片腕になってもらうおつもりのようですから、麻太郎君の本業はあくまでも医者です。その片手間でけっこうです。智恵を貸して下さい」

がらがらっともの凄い音で格子戸が開いたのを、麻太郎も源太郎も、てっきり長助が戻って来たと思った。

「大変、源太郎さん、いますか。すぐ来て下さい」

「花世さんだ」

源太郎が素早く袖で顔を拭って玄関へ出て行き、麻太郎がその後に続いた。

三

麻生花世は狭い玄関で足ぶみをしていた。

娘島田だが矢絣《やがすり》の着物に、おそらく歿った弟のものであったろう、黒い袴をはいて、なんと足許は靴であった。

先刻、麻太郎が父や叔父の麻生宗太郎と築地のバーンズ先生の診療所を訪ねた際、そこに花世の姿はなかった。

麻生花世については、今日、築地へ来る道中で父親の宗太郎から、「かわせみ」に下宿して築地居留地に出来た女ばかりの塾で勉強するかたわら、バーンズ先生の手伝いをしていると聞いていたが、今、目の前にいる花世の恰好はその折麻太郎が思い浮べた花世像とはひどく異なった。

浅黒い顔には白粉《おしろい》はおろか紅もつけていない。髪こそ、きちんと結い上げているものの、髪飾りといえば、前髪に挿した櫛一枚だけ。しかも、その櫛に、麻太郎は見憶えがあった。花世の母の七重が気に入っていて、いつも挿していた飴色の鼈甲《べっこう》細工で、それは花世の父が贈ったものだと聞いていた。

が、亡母の形見の櫛を挿しているといった麻太郎の感傷は、花世の次の言葉で吹きとばされた。

「麻太郎さんも来て下さい。早く、急いで」

五年半ぶりに帰国した幼馴染に、なつかしそうな顔をするでもなく、お帰りなさいともいわない花世に麻太郎が度肝を抜かれ、源太郎が訊いた。

「いったい、何があったのですか」

「紅玉《ホンユ》さんに盗人の疑いがかかったのです」

「紅玉……」

「スミスさんの所で働いているわたしの友達です」

花世の足ぶみが激しくなった。

「話は道々します。すぐ行きましょう」

源太郎が下駄を履いた時、長助が帰って来た。

「こりゃあ、花世お嬢様……」

いいかけたのに、ぴしゃりとかぶせた。

「長助も来て下さい」

花世を先頭に男三人が外へ出た。築地へ向って走り出す。

「紅玉は清国人です。ずっとスミス家のメイドをしています」

花世がよく透る声で話し出した。

「盗っ人って、なにが失《な》くなったんですか」

息も切らさず源太郎がいい、

「ダイアモンドの指輪です」

「へえっ」

源太郎がわからないという顔をし、

「凄く高価なものです。翡翠《ひすい》や珊瑚《さんご》なんぞより、ずっと高価で、スミス夫人のは四キャラットもあるのですって」

「四キャ……」

「四キャラット、重さを表わす単位です」

走りながら、長助が大きなくしゃみをした。

「いつ、失くなったのですか」

比較的、冷静に麻太郎が訊いたのは、イギリス留学中にその宝石についての知識を多少なりとも得ていた故である。

「わかったのは、つい、さっき。わたしがバーンズ先生のお使《つかい》で、スミスさんの薬を届けに行った時です」

「スミスさんというのは、バーンズ先生の患者なのですか」

「スタンリー・スミスさんはもう六十をすぎていて、心臓も悪いし、目も耳も弱って来ています」

「宣教師ですか」

「いいえ、商人。スミス商会の御主人」

「貿易商かな」

「そう、日本へは綿や毛の織物を運んで来て、日本からはお茶の買いつけをしています」

「金持だな」

「お金が余るほどなければ、いくら若くてきれいだからといって、お内儀《かみ》さんに四キャラットもするダイアモンドを買って与えることは出来ません」

「夫人は若くて美人なんだ」

「わたしは嫌い」

「どうして……」

「かげひなたがあるから」

「つまり、相手によって態度を変える」

「派手好きで、御亭主がなんでもいいなりなのをいいことに、始終、人を集めてパーティ、つまり宴会をするのです」

「パーティでいいよ」

「イギリス帰りですものね」

「君だって、居留地の女塾へ通っているのでしょう」

「女塾ではありません。ジュリア・カロザス先生のA六番館女学校です」

「それはどうも」

軽く会釈をして麻太郎は源太郎をふりむいた。

「もう少し、訊いてもいいかな」

「頼みます。わたしは……居留地は苦手ですから……」

源太郎が苦手なのは居留地ではなくて花世さんだと、麻太郎は内心で苦笑した。

まだ三人が少年少女であった頃、この国の未来を予想していた麻生宗太郎が知り合いの英語に堪能な学者を自宅に招いて子供達を勉強させ、自分も学んでいた。

そのおかげで三人共、或る程度の語学力が出来ていて、とりわけ、麻太郎は留学した際、それが大いに役立っている。

源太郎にしたところで、外国人の住む所と聞いただけで尻込みする筈はなかった。

道はすでに居留地の中まで来ていた。

「そのスミス夫人ですが、ダイアモンドの指輪は始終、指にはめているのですか」

花世が、ふんという顔をした。

「高価なものですもの、普段は宝石箱にしまって鍵をかけています」

「パーティなぞの時にはつける」

「そう。人にみせびらかすためにね」

「昨日、スミス家ではパーティがあった。で、スミス夫人はダイアモンドの指輪をつけた」

「その通り」

背後から源太郎が叫んだ。

「それなら、宴会に来たお客を調べればいいじゃないか」

冷たい声で花世が応じた。

「駄目です」

「何故……」

「パーティが終って、お客がみんな帰ってから、スミスさんはマーガレット、つまり、お内儀さんの名前ですけど、指輪をつけているのを見ているのです」

源太郎が絶句し、別のことを訊いた。

「スミスさんの家は、どこなんですか」

「三十三番。スペイン領事館の近く……」

花世はすぐ目の前の洋館を指し、男三人は危うくつんのめりそうになった。

夜の中で眺めても、その洋館は立派であった。

花世が入口の扉を乱暴に叩き、すぐに中年の女が顔を出した。花世をみると一度、奥へひっ込み、やがてまた出て来た。

「旦那様が入ってよいとおっしゃっています」

と英語でいい、うさんくさそうに源太郎と麻太郎を眺めた。

長助は外に残り、花世について源太郎と麻太郎が内へ入った。

花世がずかずかと靴のまま上り込み、源太郎が慌てていった。

「脱がなくてよいのですか」

ちらりとふりむいただけで、花世は黙ってもう一つの扉を開けて入った。

源太郎が下駄を脱ぎ、麻太郎はそれを見て、ためらいもなく自分も脱いだ。

外国人の家では通常、履物は脱がないと知っていたが、麻太郎が知っている限り、イギリスでも天気が悪く、泥道を歩いて来ることの多い季節では外で履く靴を家の内で履くのと取り替えている家が少くない。

みたところ、スミス家は玄関から板敷の上にきれいな織物を敷いている。その上を下駄で上るのは、少からず抵抗があった。

花世が入った扉の中は広い板敷の部屋であった。更にその部屋の奥に扉があってそこを抜けると廊下に出る。

廊下の左右に扉のある部屋があり、突き当りの開いている扉の前で花世が待っていた。足袋《たび》はだしの二人の足許を眺めて、小さく、

「おやまあ」

といい、先に部屋へ入った。

その部屋は暖かった。

大きな暖炉があって、薪が燃えている。

厚い敷物が部屋の大半を占めて、その上に椅子や卓が配置されていた。

もっとも大きな革張りの椅子には、老人が掛けていた。

焦茶色の髪がもう薄くなっていて、灰色の目をしているが、麻太郎の印象では穏やかな感じであった。

その隣の長椅子には緑色の服を着た女が背筋をぴんとのばし、胸を突き出すような恰好でこちらを見ている。燃えるような赤毛に大きな瞳が、イギリスで散々、外国人の女性を見馴れて来た麻太郎にも強烈な衝撃を与えた。

蠱惑《こわく》的というか、要するにひどく色っぽいのである。

「そちらが花世さんの友達ですか」

老人の口から流暢《りゅうちょう》な日本語が出て、麻太郎と源太郎は顔を見合せた。

「こちらは神林麻太郎さん、イギリスに留学して帰って来たばかりです。そちらは畝源太郎さん、お父様は元江戸町奉行所のお役人で探索の名人といわれていました。源太郎さんも探索の仕事をしています」

花世の紹介にスミス老人は立ち上って、

「わたしはスタンリー・スミスと申します。スミス商会という貿易会社をやっています。妻はこのお国が新政府になって後にサンフランシスコから来ましたが、わたしは横浜に上陸して十五年になります」

と挨拶し、眩しそうな目で二人の青年を見た。で、麻太郎は英語で、源太郎は日本語で礼を返した。

「神林さん、あなたのイギリスの言葉、とても正確です。それなら妻もわかります。どうか、妻への質問は英語でお願いします」

といい、更に三人を等分に見て、

「どうぞ、なんでも聞いて下さい」

再び、椅子へ腰を下した。

そこへ、先程、玄関の扉を開けた女が清国人の娘を伴って入って来た。

「こちらはスーザン、むこうがわたしの友達の紅玉さん」

花世がいったとたん、それまでうつむいていた娘が花世へ走り寄ってすがりついた。

「助けて。奥様はどうしても、わたしが盗んだとおっしゃるのです」

「大丈夫、今、麻太郎さんがスミス夫人に話をしてくれます」

花世の飛躍的な言い方にあきれながら、止むなく麻太郎はスミス夫人に対して改めて挨拶をし、英語で話し出した。

「大体のことはここへ来るまでに花世さんから聞きました。ダイアモンドの指輪が紛失したとのことですが、少々、お訊《たず》ねしてよろしいでしょうか」

スミス夫人は好奇心を丸出しにした目で麻太郎をみつめていたが、小さく顎を引くようにして承知の意志を示した。

「では、はじめます。夫人は昨日、パーティのために指輪をおつけになった。パーティが終了した後、それをどうなさいましたか」

「この箱に入れて化粧台のひき出しにしまいました」

というのがスミス夫人の返事であった。箱はスミス夫人の脇の小卓の上においてある。

麻太郎は一応、ことわりをいってから、それを手に取ってみた。

外側は赤い革張りで金色の模様が型押しされている。蓋を取ると内側は黒い天鵞絨《ビロード》の布が波を打ったような感じでおさまっていて、無論、肝腎の指輪はない。

「恐縮ですが、おしまいになった場所をみせて頂けませんか」

麻太郎の要望で、夫人が立ち上った。箱を持って奥の扉を開ける。そこは夫人の居間のようであった。

服をしまう洋風の簞笥が二つ、大きな鏡のついた化粧台の隣には書きもの机があって椅子が各々に一つずつ、椅子の一つには夫人の化粧着らしい薄桃色の服が無造作にかけてあるし、化粧台には麻太郎ですら見当のつかないものがところ狭しとおいてある。

「このひき出しに入れましたの」

夫人が麻太郎に顔を近づけて教えた。その恰好のまま、自分でひき出しを開け、その中に宝石箱を入れてみせる。

「鍵はかけましたか」

「ええ」

「その鍵は……」

「ここですよ」

雑多な化粧品の並んだ中から、夫人が銀色の鍵をつまみ出した。

「昨夜も、そこに……」

「ええ」

「いつも、そのようにしてあるのですか」

「いいえ、いつもは主人にあずけて金庫にしまってもらいます。でも、昨夜は主人が疲れて早く寝てしまいましたので、とりあえず、ここに……」

「昨夜、それを見ていた者が居りますか」

「紅玉です」

麻太郎がふりむいた。

源太郎と並んで立っている花世に肩を抱かれるようにして清国人の娘が慄《ふる》えながらうなずいた。

「わたし……奥様の着替えのお手伝いをしますから……」

「あなたの他には……」

「スーザンさんはホールを片付けていました。ここへは来ていません」

「念のため、お訊ねします。紅玉さんはスミス夫人が指輪の箱をそのひき出しに入れるのをみましたか」

「はい」

「鍵をかけて、その鍵を化粧台の上においたのは……」

紅玉が叫んだ。

「わたし、盗《と》っていない。盗らないよ、そんな怖《おそろ》しいこと……」

花世がいった。

「紅玉は盗人じゃありません」

スミス夫人がその様子を見て英語で麻太郎にいった。

「では、誰が盗ったのでしょう。家の戸口は鍵がかけてあり、窓もそうです。どこからも賊の入った痕はないというのに……」

麻太郎が応じた。

「紅玉さんの持物は調べましたか」

部屋のすみにいたスーザンが訛りのある英語で答えた。

「勿論、全部、調べています」

「裸にしたのですよ。下着も全部取って、この人、恥かしい場所まで探られたっていっています」

怒りをこめて花世がいい、それが日本語であったにもかかわらずスーザンは理解した。

「当然のことです。女は特別にかくす場所を持っていますからね」

紅玉が声を放って泣いた。世にも悲痛な声であったが、スミス夫人の態度は変らなかった。

「スーザンがいくら調べてもある筈がないのです。紅玉はとっくに指輪を外の人間に渡してしまっているのですからね」

紅玉が激しく首を振り、麻太郎が訊ねた。

「それは、どういう意味ですか」

「一昨日、その子を訪ねて清国人の男が来たのです」

「一昨日ですか」

「紅玉は弟だといいました。横浜から来たので一晩だけ泊めてやってくれと頼みました。

夫がよろしいと答えたので……」

「一昨日の夜、ここへ泊って、昨日……」

「朝の中《うち》に出て行きました。でも、昨夜遅く、また来て、紅玉と話をしていたと。スーザンが……」

「嘘です」

声をふりしぼって紅玉が否定した。

「たしかに、弟は一昨日の夜、こちらへ来ました。奉公していた店が潰れてしまったのでわたしをたよって……わたし達は二人きりの姉弟《きょうだい》なのです」

麻太郎が正面から紅玉と向い合い、紅玉も泣きぬれた顔で麻太郎を直視した。

「紅玉さん、落着いて答えて下さい。弟さんは昨日の朝、ここを出て行ったのですね」

「はい、旦那様が朝食を召し上っている時にお礼を申し上げて、わたしは裏口まで送りました。間違いはありません」

「弟さんは、どこへ行ったのですか」

「陳鳳さんの家です。そこで働かせてもらおうと頼みに行きました」

「その後は……」

「会っていません。本当です。弟は昨夜、ここへは来ません」

スーザンが無表情でいった。

「わたしは見ましたよ」

花世が詰問という感じでいった。

「いつ頃ですか」

「さあ、旦那様も奥様もおやすみになって、わたしが家中の戸閉りを見廻ってから台所で水を呑んでいたら紅玉さんの声が聞えたので、自分の部屋へ戻って窓から覗いたら、紅玉さんの部屋の外に男が立っていて、窓越しに話をしているのがみえました」

「その男が紅玉さんの弟でしたか」

「外は暗いから、そこまではわかりませんね」

ぞろぞろと居間へ戻って来ると、スミス老人は憮然とした顔で煙草を吸っていた。

「何かわかりましたか」

と訊かれて麻太郎は、

「今のところはまだわかりませんが、これから陳鳳さんの所へ行って、紅玉さんの弟に会ってみようと思います」

と答えた。

「それがよいでしょう。わたしは疲れたのでやすみます。結果は明日、報告して下さい」

立ち上るはずみに脚を卓にぶっつけて痛そうに顔をしかめた。

よろよろと奥の部屋へ行くのに、スミス夫人がついて行く。

「源太郎君、行こうか」

麻太郎がうながしてスミス家を出ると、少し遅れて花世が追って来た。

「紅玉さんを慰めて来ました。必ず真犯人をみつけてあげますって……」

そんなことをいってしまってよいのかと源太郎が思った時、麻太郎が訊いた。

「花世さんは何がきっかけで紅玉さんと友達になったのですか」

「スミスさんはバーンズ先生の患者です。わたしはよく薬を届けに来るので……」

「成程」

暗い中から長助が顔をみせた。寒さで鼻の頭が赤くなっているような気配である。

「どうでござんした」

提灯をさし出しながら訊く。

「長助は陳鳳という清国人を知っていないか」

「入船町の陳さんですかい。異人さんの服を作っている……」

「知り合いか」

「それほどじゃありませんが、居留地に住む清国人の中じゃ、古顔でございますから」

三人の男と一人の女が入船町へ向った。

夜はかなり更けて来ていて、道端の土が夜目に白く見えるのは霜柱が立っているせいであった。

入船町へ行ってみると、陳鳳の家はまだ灯がついていて、上りかまちのむこうで何人かが縫い物をしている。

出て来た陳鳳は、五十すぎでもあろうか、背が低く、総体に小柄だが顔付には或る種の貫禄がある。

「この家にスミス商会で働いている紅玉さんの弟が来ていませんか」

と訊いた源太郎に、

「楊貞生《ヤンゼンセン》かね」

と反問した。源太郎が花世をふりむき、花世が合点してみせた。

「貞生なら、昨日の午前《ひるまえ》に来て働きたいというから、まあ二、三日、みんなの仕事をみてやる気になったらやとってやるといいまして、当人は昨日と今日と、この家で掃除をしたり、雑用をしながら仕事場にいましたが、夕方になって、とても自分には出来そうもないので、もう一度、姉さんと相談してみるといって出て行ったきり、帰っていませんが」

「姉さんの所へ行くといったんだな」

源太郎がやや慌てた声を出した。

「左様でございます」

「出て行ったのは夕方だな」

「まだ陽のある中で……」

「昨夜はここへ泊ったのか」

「はい、泊めました」

「くどいようだが、昨日の午前に来て、ずっとここで働いていて、夜も泊ったのに間違いないか」

「おっしゃる通りで。あいつは体の小さい割にはよく働き、骨惜しみをしないようなので、その気になったら仕込んでもよいと考えていましたが、当人が向かないというのでは……」

「夜、ここを抜け出して、どこかへ行ったということはないか」

陳鳳が苦笑した。

「それは無理でございましょう。昨夜も真夜中すぎまで、仕事をして居りまして、それでも注文が間に合いません。みんな、仕事場でごろ寝をして夜明けにはもう起きていますので……」

第一、入口の戸は表も裏もたてつけが悪くて開けると大きな音がする。

「いくら、寝入りばなでもあの音では目がさめますし、わたしは弟子達が寝てからも、かなり遅くまで仕上げをやって居りました」

到底、楊貞生がこの家を脱け出すのは無理な状況であるとわかって、源太郎が頭を下げた。

「遅くにすまなかった。貞生にとって大事なことを聞かせてもらえた。まことにかたじけない」

陳鳳が外に顔を揃えているみんなを見廻すようにした。

「貞生に、何かございましたのでしょうか」

源太郎が明るく答えた。

「心配は無用だ。ここへ来たおかげで貞生の嫌疑はもう晴れたも同然だ」

「楊姉弟はわたしと同じ広東省広洲府の生まれでございます。同郷人として力になってやりたいと存じます。なにかあったら、どうぞお声をかけて下さい」

それにしても、貞生はどこへ行ってしまったのかと不安な顔をした。

「それはわたし達が調べる。まかせておいてくれ」

礼をいって源太郎が入口の戸を閉めた。開けた時は気持が先走っていてうっかりしたが、実際、もの凄い音がした。

「さて、どうしたものか」

夜の中に立って、源太郎がいい、麻太郎が、

「とにかく、花世さんを送ろう」

といった。花世が「かわせみ」に下宿しているのは、麻太郎も知っていた。

花世はちょっと不服そうな表情であったが、何もいわず大川端町へ歩き出した。

「かわせみ」の前には番頭見習の正吉が出ていた。

「花世様のお帰りが遅いので、皆様が御心配なさいまして……」

という声の後から暖簾を分けて神林通之進と麻生宗太郎が出て来た。

「あら、お父様、神林の伯父様も……」

花世が首をすくめ、

「何が、あらだ。いったい、今まで何をしていた」

宗太郎が父親の立場で叱った。

「父上、どうも遅くなりまして……」

麻太郎が神妙に頭を下げたのは、今日、築地居留地にバーンズ医師を訪ねる際、通之進と宗太郎が、

「今夜は久しぶりにおるいさんの所へ泊りましょう。きっと喜んでくれますよ」

と話し合っていたのを耳にしていたからで、但し、自分は源太郎と夜っぴて話をするつもりなので、むこうへ泊めてもらいますと、断りをいっておいたものだ。

上りかまちに出ていたるいが入って来た三人の若者と長助に笑顔でいった。

「どうやら、皆さん、ひどくお腹がすいていらっしゃるようですね。とにかく、お上りになって、すぐに仕度が出来ますから……」

さあさあとうながされて居間へ入りながら通之進がいった。

「おるいさんが、どうせのことならお前達もここへ呼んで一緒に飯を食おうと嘉助を源太郎の家へ迎えにやったのだよ。行ってみれば、家はまっ暗、誰も居ない。それで嘉助はお前達がなにか探索に出かけたのではないかと心配してね」

宗太郎が一番先に居間へ入って行った花世の背へ向けて笑った。

「どうせ花世の奴が、ろくでもない事件を源太郎君の所へ持ち込んで、麻太郎君も長助

も駆り出されたに違いないと噂をしていたのだよ。どうやら、その通りらしいな」

ちゃっかり炬燵に膝を入れていた花世が首をすくめた。

「親って嫌ですね。なんでも子供のやることはわかっているって顔をして……」

廊下のむこうから千春の声が叫んでいた。

「お母様、大成功、あの子、鰤《ぶり》大根で御膳を三杯も食べました」

居間の障子を開けて、あっという顔をする。

「千春、お行儀が悪すぎますよ」

るいがやんわりと叱って、千春は敷居ぎわにすわってお辞儀をした。ちらりと宗太郎をみてから弁解するようにつけ加えた。

「やっぱり、宗太郎叔父様のおっしゃった通りでした。お吉は清国人は鰤大根なんて食べないっていいましたけど……」

麻太郎が訊いた。

「ここには清国の人も泊るのですか」

嬉しそうに千春が膝を進めた。

「お客じゃありません。軒下で慄えていたのを嘉助がみつけて、結局、今夜、泊る所もなく、お腹もすいているようだから……お母様がかわいそうだと……」

花世と源太郎が同時に立ち上った。

「その子、どこにいます」

「紅玉さんの弟かも知れない」

「かわせみ」の外を、按摩の笛が流して行った。

四

だが、千春の案内で行った梅の間に、清国人の客はいなかった。庭に面した廊下側の雨戸が一枚開いていて、どうやら、そこから出て行ったらしい。

「かわせみ」の庭は大川に向っているが、川上側と川下側に各々、板塀を切ったくぐり戸がついている。夜は無論、内側から掛け金がしまるが、その川下側の木戸の掛け金がはずしてあったことから、

「ここから逃げたのですよ」

と源太郎が判断した。

「どうして、そんな……」

千春はあっけにとられたが、

「親切にしてもらったのはいいが、宿賃を取られるとでも思ったのでしょう」

こちらの好意がわからなかったのではないかという源太郎の意見に「かわせみ」の人々は不本意ながらも納得した。

「どこへ行ったのでしょうね。この寒空に」

るいが途方に暮れたように呟いたが、意思の疎通を欠いた結果であれば致し方ない。

源太郎は長助と自分の家へ戻り、麻太郎は父の通之進と共に「かわせみ」へ泊った。

翌朝、宗太郎を含めて男三人が朝餉《あさげ》の膳を囲んでいると、花世が顔を出し、

「行って参ります」

と挨拶して出かけて行った。

「花世さん、どう勧めても朝の御膳を召し上らないのです。御膳を頂くより、ぎりぎりまで寝ているほうがよいとおっしゃって……」

三人の給仕をしていたるいが宗太郎に訴え、父親がぼんのくぼに手をやった。

「困った奴です。わたしから叱ってやりますので……」

「いえ、そういうつもりで申し上げたのではございません。お昼までお腹がすかないかとお吉が心配するものですから……」

慌てて、るいが弁解し、茶を運んで来たお吉が、

「その分、お弁当には御飯をしっかり詰めてさし上げて居りますんですけれど……」

お若い中は眠いものですよ、と、これも花世をかばった言い方をした。

その花世は午前中は居留地のA六番館女学校で勉強し、ジュリア・カロザス先生の秘書をつとめ、その暇にバーンズ医師の姉のマギー夫人から薬に関して学んでいる。

ゆったりした朝餉の間に、麻太郎は昨日、花世に乞われてスミス家へ行った顚末を説明した。

なにしろ、昨夜は遅い晩飼を腹一杯食べたので、飯の終りに茶を飲むあたりから麻太郎も源太郎も瞼が重くなって、源太郎は早々に帰ったし、麻太郎も、

「急を要する話でなければ明日でよい」

と通之進がいってくれたのを幸い、布団にもぐり込むと、すぐに前後不覚に眠ってしまっていたからである。

「成程、それで君達はかわせみで飯を食わせてもらった清国人が楊貞生だと思ったのか」

宗太郎がうなずき、るいがいった。

「その人はおいくつぐらいの方でしたの。うちで面倒をみたのは、せいぜい十四、五くらいにみえましたけれど……」

「多分、そのくらいではないかと思います。正確な年齢は聞いていませんが、姉さんのほうが、まだ二十《はたち》には間のある感じでしたから……」

麻太郎の返事に、考え込んでいた通之進が、

「その楊貞生だが、陳鳳の所で聞いた限りでは、一昨日の夜、姉の所へ行った可能性は低いのであろう」

と訊いた。

「仰せの通りです。ですが、スミス家の女中のスーザンというのが、窓越しに姉と話をしているのを見たと証言しているのです」

なんにしても、楊貞生に会って、その点を当人の口からはっきりさせたかったのだが、「かわせみ」から逃げ出した清国人が仮に楊貞生とすると、彼の行方が知れないだけ厄介であった。

「わたしは今日、これからバーンズ先生の所へ参りますが、もし、先生のお許しが出たら、診療所の終った後、源太郎君の家へ行って様子を聞きたいと思っています」

麻太郎の言葉に通之進が答えようとしたところへ、嘉助が来た。

「花世様が戻って来られました」

宗太郎が笑った。

「どうせ、忘れものでしょう」

すさまじい足音を立てて花世が走り込んで来た。

「殺人です。スミス家のスーザンが殺されました」

居間の空気がふっと止った感じであった。

五

英国人医師、リチャード・バーンズの居館は築地居留地十六番で、すぐ近くにA六番館女学校があった。

ゆったりした敷地に建てられた洋館は一階が診療所、二階が私室で、その上の屋根裏部屋が召使用となっている。

何分にも居留地の中なので、洋館であるのは不思議ではないが、バーンズ邸が変っているのは、その表玄関の左側の壁に鏝細工《こてざいく》で雌雄の鶏の画が描かれていることで、その大きさは子供の背丈ほど、左官職人の手になるものとは思えない出来栄えであった。

何故、洋館の外壁に日本独特の鏝絵《こてえ》を装飾にしたのかは、建主のバーンズ医師が何もいわないのでよくわからないが、なんでも横浜に居住していた頃、たまたま、見事な鏝細工を見て、築地に新しい住居《すまい》を造る際、特に職人を探してもらってのことらしい。

なにしろ目立つ鏝細工なので、バーンズ邸は居留地に住む外国人や出入りする人々に、「鶏の館《やかた》」

というだけで通用する。

その朝、大川端町の「かわせみ」を出た神林麻太郎はまっすぐ築地居留地へ入り、バーンズ邸の玄関を入った。

出迎えたのはバーンズ医師の姉に当るマグダラ・バーンズ、通称、マギーと呼ばれている女性で、年齢はバーンズ医師より一歳年上の五十三歳、一度、結婚したが夫と死別し、薬剤師の勉強をして、弟の許で暮しているというのは、麻太郎もよく知っている。

なにしろ、まだ旧幕時代、麻生宗太郎の息子の小太郎や畝源太郎と共に、宗太郎の肝《きも》煎《い》りで横浜のバーンズ邸へ下宿して医学のあれこれを学んでいたことがある。

麻生小太郎は勿論、親の跡を継いで医者になるためであったが、麻太郎と源太郎は、

「これからの時代は司法にかかわる人間も或る程度の医学の知識があったほうがよい」

という麻生宗太郎の勧めによるもので、実際、旧幕時代は殺人が行われても、被害者の死んだ時刻や死因について正確な判断を下せる医者は、宗太郎のように早くから西洋医学の知識を身につけた者以外には居なかったし、第一、殺人があったからといって、一々、医者を呼んで検死をしてもらう慣例すらなかった。大方はその事件にかかわり合った同心が長年の経験に基づいて、こうこうだと決めてしまうのが普通で、同心にしたところで自分の知己に秀でた医者でもいない限り、不可能と割り切っていたものである。

「わたしにしても、東吾さんや畝源三郎さんと知り合って捕物にかかわり、随分、死者を診《み》せてもらいましたが、なかには死因を特定するのが難かしい事件もあった。これからの時代は西洋の医学がどんどん入って来て医者も多くを学ぶでしょうし、司法の方でも医者の意見を求めるのが当り前になるでしょうが、そうなるまでには、まだ少々の歳月がかかる。なんでも学んでおいて損はないと思いますよ」

という宗太郎の考えに、神林通之進が賛成し、とりあえず、小太郎と一緒に麻太郎と源太郎がバーンズ医師の弟子になったもので、

「バーンズ先生の姉さんのマギーさんの亡夫は司法関係の仕事をしていたので、マギーさんの手許にはそっちの書物もあるようです。この際、学べることはなんでも学んで来るべきです」

と宗太郎がいったように、バーンズ医師の許に下宿した歳月は決して長くはなかった

ものの、三人の少年には貴重な時間であった。

けれども、その三人の中《うち》、麻生小太郎は英国へ留学するのを目前にして、本所の自宅で祖父と母と共に凶刃に倒れた。

今、築地居留地の新しいバーンズ邸へ入って、麻太郎の心に浮ぶのは、もし、麻生小太郎が健在であれば、英国への留学も、今日、ここへ入るのも、自分ではなく麻生小太郎であったのに、という想いであった。

「お早うございます。麻太郎、お入りなさい」

明るいマギー夫人の声で、麻太郎は我に返った。

「お早うございます。今日からまたお世話になります。よろしくお願い致します」

丁寧に頭を下げた麻太郎に、マギー夫人が手をさしのべた。

「朝御飯はすみましたか」

「はい」

「では、麻太郎の部屋へ案内しましょう」

バーンズ姉弟の日本語は流暢であった。

麻生宗太郎にいわせると、

「日本人より達者」

で、事実、御維新によって地方から東京へ集って来た人々が、各々にかなり強い地方なまりや方言で長年、江戸に住む人々をめんくらわせているのに対し、むしろ、歯切れのよい江戸弁であった。

それは、どうやら、バーンズ姉弟と長年に及んで親戚同様につき合っている麻生宗太郎の影響によるらしい。

しかも、バーンズ家の日常語は今のところ日本語であった。

理由は、バーンズ医師の妻のたまきが日本人の故である。

家庭での会話を日本語にするといい出したのはマギー夫人で、

「リチャードとわたしが母国の言葉で話せば、たまきさんには聞きとりにくい会話になる場合もあるでしょう。それでは、たまきさんが孤独になりますから……」

と提案してのことだという。

実をいうと、麻太郎は英国に留学してみて、このマギー夫人の思いやりに改めて感心した。

日本人として、英語の理解力はかなりあると自負していた麻太郎であったが、留学中、周囲の人々の話す言葉を正確に聞くことが出来るようになるまでには、かなりの時間を要したものである。

第一に話す速さに追いつけない。

むこうが外国人と意識して丁寧に、ゆっくり話してくれればよくわかることでも、英国人同士が話している場合は比較にならないほど速く感じたもので、それに耳が馴れるまでは、いったい、何を話しているのかと不安になったこともある。友達との会話からいつの間にか疎外されたようになっている自分に気がついて寂しい思いをしたのもしばしばであった。

一軒の家の中で、夫と夫の姉が楽しく話し合っているのが、妻にはよくわからないとなれば、妻は孤独にもなろうし、悪くすると邪念も湧く。

そのあたりを考慮したマギー夫人を麻太郎は尊敬した。

「麻太郎、ここがあなたの部屋です。気に入るとよいのですが……」

マギー夫人がドアを開け、麻太郎は正直に目を輝かせた。

奥に寝台が一つ、服をしまう箪笥と用箪笥が一つずつ、手前には大きな机が窓辺にすえてあって、学生が使うような椅子がついている。脇に書棚と物入れがあった。

家具もカーテンも質素だが、清潔で、部屋全体が明るい感じがする。

部屋のすみには狸穴から昨日、麻太郎が運んで来た大きな鞄が二つと風呂敷包が二つ、そのまま、おいてある。

「とても、よい部屋です。ありがとうございます」

マギー夫人が微笑した。

「では、荷物の整理をして着替えたら階下へいらっしゃい」

「わかりました。すぐ参ります」

「慌てなくて大丈夫。今朝はまだ患者さんが来ていません」

一人になって麻太郎は手早く着替えた。

昨日から着ている紋付袴を脱いで、白いシャツと黒いズボンにチョッキ、グレイのジャケット、そして靴を履いた。

あとは脱いだものをざっと片付けて部屋を出る。

階段の下の広いホールにバーンズ医師が立っていた。

「先生、お早ようございます」

かけ下りて挨拶した麻太郎に軽くうなずき、

「君は居留地で殺人があったのを聞いているかね」

といった。

「どうやら、スミスさんの所らしいが……」

「メイドのスーザンという人のことですか」

「誰が知らせたのかわからないが、邏卒《らそつ》が来ているらしい。勝手がわからず、スミスさんが困っているようだ。彼はわたしの患者でもあるし、今から行こうと思うが、一緒に来てくれるかね」

「お供します」

マギー夫人が黒い鞄を持って来て、麻太郎が受け取った。

「人力で行くなら、仙吉を呼びますが……」

「いや、歩いて行くよ。そのほうが麻太郎君と話が出来る」

慌しく玄関を出ようとするのに、バーンズ医師の妻のたまきが外套を持って来た。

「麻太郎、あなたも外套を……」

とマギー夫人が声をかけたが、麻太郎は手を振った。

「わたしはこのままでかまいません」

二階の部屋においた鞄の中には留学時代に愛用した外套があるが、着る必要を感じなかった。

ロンドンの冬から思えば日本は暖かい。

六

麻太郎とバーンズ医師がスミス商会の主人、スタンリー・スミスの家へ着いてみると、開けっぱなしになっている玄関の所に邏卒《らそつ》が二人、畝源太郎と向い合って居り、その間に両手を捕縛された清国人の少年と、それに取りすがって泣いている、スミス家の女中、紅玉《ホンユ》の姿がみえた。

「源太郎君、これはどうしたことだ」

バーンズ医師が声をかけ、源太郎は律儀に、お早ようございますと頭を下げてから告げた。

「こちらは、スミス家から通報があってかけつけて来た方々です」

二人の邏卒の中、年配のほうが、バーンズ医師が日本語を解せるらしいとわかって、安心したようにいった。

「実は、訴えでは主家のものを盗み、主家の奉公人を殺害した下手人が立ち廻っているとのことでござって、とりあえずかけつけた所、この家の女主人より、この者が下手人であるといわれ、捕縛したところでござる」

紅玉が叫んだ。

「小貞《シャオゼン》は盗んでいないよ。殺してもいない」

貞生《ゼンセン》が泣き泣き訴えた。

「本当に、俺はなにもしていない。姉ちゃんに会いに来ただけで……」

麻太郎が訊いた。

「君が楊《ヤン》貞生か」

少年がうなずいた。

「入船町の陳鳳が心配していたよ。君は一昨日、陳さんの家へ行き、ひと晩、泊めてもらって、昨日の夕方、もう一度、姉さんと話をして来るといって出かけたそうだが……」

貞生がすがりつくような目で麻太郎をみつめた。

「そうです」

「ここへ来たのか」

「来ました。でも、スーザンとかいう召使の人に追い掃《はら》われて、姉ちゃんには会えませんでした」

「それからどうした」

「親方の所へ帰ろうとして……」

「入船町の陳さんのところだな」

「はい。でも、道に迷ってしまって、もう歩けないほど歩き廻って……そうしたら、男の人が声をかけてくれて、そこで飯を食わせてもらって……」

麻太郎が大きく合点した。

「間違いない。君に飯を食わしてくれたのは大川端町のかわせみという宿屋だ」

打ちひしがれていた少年の顔に僅かながら気力が戻った感じであった。

「君はどうしてあの家を逃げ出したのだ」

貞生がうつむいた。

「怖くなったですよ。もしかしてお役人に訴えられるのかと……俺、お金、持っていない」

「で、昨夜はどこにいた」

「陳親方の家を探して……みつからなくて、大きなお寺あったから、床下にもぐって、でも、坊さんが来て、俺、手を合せて拝んだですよ。そしたら、藁布団、持って来てくれて……」

「そこで一夜を過したんだな」

「はい、朝になって、お礼のつもりで境内の掃除を手伝って、坊さんに挨拶してから、ここへ来ました」

邏卒の一人が麻太郎にいった。

「おそらく、本願寺ではないかと思いますがね」

それまで黙っていたバーンズ医師が、しっかりした日本語で訊いた。

「スミス家の召使の女性、スーザンが殺害されたというが、本当かね」

邏卒がうなずき、バーンズ医師が続けた。

「遺体はどこかね。わたしは医者だ。この家の主人とも親しい」

紅玉がいった。

「庭です」

「案内しなさい」

紅玉がホールを横切ってフランス窓のところから庭へ出た。バーンズ医師と麻太郎がその後を行き、なんとなく玄関先にいた人々もついて来た。

スミス家の庭は中央に岩石でふちどりをした池があり、その周囲は花壇になっているが、この季節、花は何も咲いていない。手前の芝も冬枯れであった。

スーザンの死体は芝の上に横たわっていた。

首筋にくっきりと絞められた痕があるが、凶器のようなものは残っていない。

着ているのは、昨日、麻太郎達がスミス家へ来た時、目にしたのと同じ灰色の服で、外国人の家の召使がよく用いている日常着であった。

「随分と強い力で絞められている。これではひとたまりもあるまい」

　バーンズ医師が呟き、麻太郎がいった。

「みるところ、スーザンはかなり大柄で背も高いです。貞生のような少年に大人しく首を絞められているでしょうか」

　十五歳になるという清国人の少年は痩せていて、手も足も細っこい。

「他に何か気づいたことはあるかね」

　バーンズ医師に訊かれて、麻太郎はスーザンの手を取り上げた。

「爪に血が付いています。爪の中まで……」

　おそらく激しく抵抗して相手をひっかいたせいではないかという麻太郎にうなずいて、バーンズ医師は源太郎に声をかけた。

「その少年の顔や手なんぞに、ひっかかれた傷があるかね」

　すでに源太郎は貞生の首から背中、手や腕まで、体中をくまなく調べていた。

「ありません。野宿同然の一夜を過して、えらく汚れていますが……」

　バーンズ医師が立ち上った。

「とにかく、このままにしてはおけない。この人の部屋へ遺体を移そうじゃないか」

　麻太郎に源太郎が手伝おうとすると、もう一人の若いほうの邏卒がとんで来て運ぶのを手伝った。バーンズ医師がその後について行く。

　残った年長の邏卒が、低く源太郎にいった。

「失礼ながら、もしや畝源三郎どのの御子息ではござらぬか」

源太郎が相手をみた。

「左様ですが」

「手前、脇山吉之助と申し、元は八丁堀の住人でござった」

相手の顔に見憶えはなかったが、源太郎はさして驚かなかった。

明治四年に新政府が東京の市中取締りのために旧藩士から邏卒として三千人を登用した際、旧江戸町奉行所で同心を勤めていた者も何人か応募し、採用されたのは聞いている。

旧幕時代、武家地には武家が諸費用を持って辻番がおかれ、町屋には町人が金を出し合って自身番と称する番屋をおいていた。

いずれも、市中安全のための連絡所のような働きをしていたが、新政府になって辻番は自然に消滅し、自身番が番屋として残され、邏卒の下に番人を配属させて市中の見廻りや取締りに当らせている。

築地居留地は外国人居住地のため、治外法権で、仮に外国人が事件を起しても、日本政府は罰することが出来ない。けれども、下手人が日本人であれば当然、捕えて国法に照らして処罰されるし、また、居留地内の治安のために、一応、番屋を設置してあった。

どうやら、脇山吉之助はそこから出むいて来たようである。

「脇山様に申し上げます。お聞きの通り、ここに居ります貞生なる者、昨夜、この家の召使スーザンを殺害したと申すにつきましては、いささか合点の行かぬ節もあり、今暫くお取調べを願わしゅう存じますが……」

丁重な源太郎の申し出に脇山吉之助が人のよい顔で承知した。

「仰せ、ごもっとも。何分にも我らは外国人とは言葉も通ぜず、また、外国人を召捕る権限も持ち合せては居らぬ。その点、何分よしなに……」

「かしこまりました」

玄関の扉が開いて花世が坊さんの手をひっぱるようにして入って来た。

そこに居る邏卒には目もくれず、両手をくくられたまま立っている貞生の前へ坊さんを連れて行く。

「よく見て下さい。昨夜、本願寺の床下で一夜を過し、今朝、坊さんにお礼をいって去ったのはこの子でしたか」

坊さんが貞生をみて傍へ行った。

「お前、どうしたのだ。なにがあった……」

貞生が一度、乾いた頰に新しい涙を流した。

「俺は、人なんぞ殺していません」

「では、この娘さんのいうた通り、人殺しの嫌疑をかけられたのか」

花世が坊さんに手を合せた。

「お願いします。この子が昨夜、お寺の床下にいたことを、お役人に話して下さい」

坊さんが脇山吉之助をみて、これはこれはといいかけ、脇山が頭を下げた。

「異な所でお目にかかります。どうやら、とんだ御厄介をおかけしたようで……」

「なんの、人殺しの疑いがかかったとあっては捨ててはおけぬ。確かにこの子は昨夜、本堂の床下に居りました。左様、あれは、拙僧が常夜燈の油を足しに出た時でござる故、四ツ(午後十時)にはなって居らぬ筈。床下にこの子がもぐり込んで慄えて居るのをみつけ、方丈へ連れて参ろうとしたが、どうにも承知せぬ。仕方がないので藁布団なぞを運んでやり、この子はそれにくるまって眠った。昨夜、拙僧は宿直番《とのいばん》でもあり、夜中、二度ばかり見廻りに出た際、床下をのぞいてみたが、よほど疲れたのであろう、よく眠って居った。第一、この娘さんから聞いた所によれば、この子は横浜から出て来て、このあたりの土地には不案内、それ故、昨夜も大川端町から入船町へ向おうとして道がわからず、なんと本願寺まで迷うて来たらしい。左様な者が、仮に深夜、寺の床下をぬけ出してこの居留地まで参り、人を殺して、再び、寺へ戻るなどと申す芸当が出来るものかどうか。更に申せば、今朝、拙僧と共に寺の境内を清掃致した折のこの子の表情は、まことに晴々として、到底、人を殺して来た後とは思えなんだ。拙僧の申せることは以上、仏に誓って嘘偽りはいわぬぞ」

立板に水の弁護に、脇山が苦笑して手を振った。

「仰せ、ごもっとも。実を申せば、この者の嫌疑はなかば晴れて居ります。何卒《なにとぞ》、御安堵下され」

すかさず、花世がいった。

「では、この子の縄をほどいて下さい。この子は逃げません。貞生、お坊様に約束しなさい。事件が解決するまで、もう、逃げたりはしないと……」

貞生が体を丸めてひれ伏した。

七

麻太郎がホールへ戻って来たのは本願寺の坊さんが帰ってすぐであった。

「やあ、花世さんも来たのですか」

と思わずいったのは、今朝「かわせみ」へスーザンの死を知らせに来た際、父親の宗太郎から、

「お前はなにをしにA六番館へ通っているのだ。他人の家の事件にかかわっていてなんとする。一に勉学、二に勉学、それが出来なければ、直ちに狸穴の家へ帰りなさい」

と、こっぴどく叱られたのを知っていたからである。で、麻太郎もスミス家の事件が気になりながらも、父、通之進の指示の通り、まっすぐバーンズ先生の許へ行った。

「そうか、源太郎君は花世さんの知らせを聞いて、ここへ来ていたのか」

麻太郎が独り言にいい、源太郎が首をすくめた。

「なにしろ、花世さんの頼みでは断れませんからね。朝飯も食わずに花世さんとここへ

来たら、スミス夫人がお抱えの馬丁に邏卒を呼ばせたとかで、貞生が捕えられている。スミス夫人は昨夜遅くに貞生がこの家の裏口に来てスーザンと激しく口論をしているのを、自分の寝室にいて耳にしたとおっしゃる。つまり、スーザンを殺害したのは貞生に違いないと主張されたわけです。しかし、貞生は昨夜、この先の大きな寺の床下で一夜をあかしたという。その話の間に花世さんがとび出して行って本願寺の坊さんを証人にひっぱって来たのです」

花世が叫んだ。

「スミス夫人のいうことなんぞ、あてになりゃあしません。あの人の寝室はこの上ですもの、部屋の窓でも開けていない限り、裏口の人声なんぞ聞えるものじゃない」

源太郎がなだめるようにいった。

「しかし、スミス夫人はなにかで窓を開けたのかも知れません」

花世がふんという顔でそっぽをむき、麻太郎はここへ戻って来た肝腎の用事に戻った。

「バーンズ先生はスミスさんの部屋へ様子をみに行かれました。それで、紅玉さんにお茶を運んでもらうようにと……」

紅玉があっと声を上げた。

「わたし、大事なこと忘れました。今朝、旦那様にも奥様にも、朝のお食事、運んでいません」

麻太郎が目許を笑わせた。

「そりゃあ大変だ。すぐ仕度をして下さい」

慌てて紅玉が台所へ去り、脇山が源太郎にいった。

「とにかく、貞生の嫌疑は全く晴れたともいえません。手前もこの家の主人夫婦から一応の話を訊きたいが、手助けをしてくれませんか」

源太郎が承知した。

「では、スミス夫妻の朝食がすむまで、そちらの部屋で待って下さい」

ホールの隣の部屋を指した。二人の邏卒がもの珍らしそうに、貞生を連れて入って行くのを見送ってから、麻太郎がそっといった。

「源太郎君、探し物を手伝ってもらいたい」

「探し物……」

「池の中だ。さっき、バーンズ先生と外へ出た時、朝の光を受けて光ったものが水の中にみえたのさ」

フランス窓から麻太郎が庭に出て、源太郎が続いた。

空は昨日よりもよく晴れていた。

殆んど風がないので、日だまりに立つと十二月なかばとは思えないほど暖かく感じる。

源太郎が池を覗き込んだ。

底には玉砂利を敷きつめてあり、深さはあまりない。

「太陽の光が石に反射したのではないのか」

源太郎の言葉に、麻太郎が軽く首をまげた。

「そうかも知れないが……」

ぎりぎりのところまで池へ体をのり出して水底を見廻している。

いきなり、麻太郎が上着を脱いで源太郎に渡した。白いシャツの右腕のカフスをめくって、左手を源太郎へさし出した。

「わたしの手を摑んで、支えてくれ」

源太郎がいわれた通り、麻太郎の片腕を摑む。麻太郎が岩に片足をかけ、上半身をぐいと低くした。その恰好で右腕を水面へ伸ばし、矢庭に水中に突込んだ。

「これだ」

体を元に戻して、濡れた右手を源太郎にみせる。

小さな指輪が、麻太郎の指先にあった。宝石が太陽の光にきらきらと光る。

「スミス夫人の、盗まれた指輪か」

源太郎が息を呑み、麻太郎は黙ってそれを眺めている。

「驚いたな。いったい、誰がそんな所に……」

源太郎がフランス窓をふりむいた。

ホールには人が出て来ていた。スミス夫妻が、今、やって来たらしい客に挨拶をしている。

バーンズ医師が二人へ叫んだ。

「おい、どうしたのだね」

源太郎が応じた。

「指輪がみつかりました。池の中にあったのです」

スミス夫妻と客と、バーンズ医師がフランス窓の所へかけ寄った。

源太郎が麻太郎の渡した指輪を持ってそこへ行く。

「これを、麻太郎君がみつけて……」

指輪を受け取ったのは、スタンリー・スミス、この家の主人であった。

ためつ、すがめつ見て、

「これは、わたしがマーガレットに買ってやったのではない」

指輪を妻に廻した。スミス夫人はあっさり、夫の言葉を肯定した。

「ええ、私のではありませんわ」

夫人の背後から茶色の髪をした体格のよい男が手を伸ばして指輪を取り上げた。

「成程、これはダイアモンドではない。偽物ですな」

アメリカ訛りの英語で夫妻に同意を求めた。

バーンズ医師が不思議そうに男の手にある指輪を眺めた。

「では、なんだって、そんな偽物があの池の中にあったのかね、クーパー君」

クーパーと呼ばれた男が笑って首を振った。

「そんなこと、僕にわかる筈がありませんよ」

麻太郎がバーンズ医師に訊いた。

「こちらのお方はスミスさんのお友達ですか」

返事をしたのはスミス老人であった。

「マーガレットの友人でジャック・クーパー氏ですよ。妻と同郷のニュージャージィ州の出身でね」

クーパーが照れたような微笑を浮べた。

「いやいや、奥さんの御縁でスミスさんとも親しくおつき合いをして居りますよ」

「一昨日のスミス家のパーティには御出席なさいましたか」

正確な英語で麻太郎が訊き、クーパーは珍らしそうに相手を窺った。

「出席しました。お招きを受けたので……」

「不躾《ぶしつけ》な質問をどうかお許し下さい。パーティが終った後は御自宅へお帰りでしたか」

スミス夫人がさらりと口をはさんだ。

「クーパーさんは横浜にお住いですのよ」

麻太郎がクーパーとスミス夫人を等分に見た。

「では、横浜へ……」

「いや、もう遅かったのでホテルへ泊りました」

「ホテルはどちらですか」

「いつも、江戸ホテルへ泊っています」

「すると、今日も江戸ホテルから、こちらへ……」

「いや、これでも商売をしていますので、そう、のんびりもしていられません。昨日は朝早くに横浜へ帰りました」

麻太郎の次の問いを躱《かわ》すように、スミス老人へ口早やにいった。

「実はこちらへうかがったとたん、指輪の盗難やら、召使のスーザンが殺されたとかいう話で肝腎のことを申し上げる暇がなかったのですが、今日、お邪魔したのは、急に帰国する必要が生じて、お別れを申し上げるためでした」

スミス夫人が一足、前へ出た。

「御帰国なさるのですって……それは、いつですの」

「緊急を要することなので、明日、上海へ向う船に乗ります」

「そんなに急に……」

スミス老人がゆったりした口調で訊ねた。

「帰国する理由はなにかね」

「伯父の遺産相続の件で……伯父の遺言書に僕の名前があったらしいのですよ」

「伯父さんは歿られたのか」

「なにしろ変った人で、生涯、独身でしたので……」

紅玉が茶を運んで来てホールの奥の大きな卓へおき、スミス老人が客達をうながして椅子の一つに腰を下す。

移動しながらスミス夫人が早口の英語でクーパーにいうのが、麻太郎の耳に入った。

「伯父さんの話なぞ、聞いたことがありませんでしたわ」

「あまり、つき合っていませんでしたからね」

苦笑して、クーパーはバーンズ医師にいった。

「スーザンを殺した犯人が紅玉の弟ならば、この国の刑法で裁かれるのでしょうな」

バーンズ医師が英語で答えた。

「それは無理でしょう。清国人である以上、この国の警保寮としては取調べはともかく、裁判まではね」

「しかし」

茶を各々の茶碗に注いでいた紅玉がクーパーを睨みつけた。

「弟は泥棒ではない。殺人者でもない。それを、花世さん達が証明してくれています」

クーパーが紅玉に手伝って、砂糖壺や茶碗を運んでいる花世をちらと見た。

「あの人は……」

スミス夫人が白い手袋をした手で茶碗を受け取りながら答えた。

「紅玉の友達だとか」

「清国人のメイドですか」

バーンズ医師が訂正した。

「花世さんは日本人、A六番館のジュリア・カロザス先生の生徒ですよ」

花世がスミス夫人へゆっくりした英語でいった。

「奥様はいつも手袋をしていらっしゃいましたか」

スミス夫人は花世を無視した。

「クーパーさん、御帰国なさるなら、私の実家にことづけたいものがありますの。私の部屋まで来て頂けますか」

クーパーが曖昧に承知した。

「それはもう」

はねかえすように花世がいった。

「紅玉さん、こちらの奥様は手袋をしたままでお茶を召し上っていましたか」

はっとしたように、紅玉がスミス夫人の手袋をみた。

「いいえ、いつもは……」

「手袋をしてお茶を頂いてはいけませんか。別に私どもの国では礼に反することではございません」

スミス夫人が茶碗を卓上へ戻した。

「クーパーさん、来て下さいな」

麻太郎がスミス夫人の前へ立ちふさがった。

「先程、バーンズ先生とスーザンの遺体を調べさせて頂きました。スーザンの手の爪の間には血痕が付着して居りました。おそらく、絞め殺される際、犯人と争った際についたものとバーンズ先生もお認めになりました。スーザンを殺害した者は体のどこかに、スーザンの爪痕を残している可能性があります」

スミス夫人がいささか乱暴に立ち上った。

「こちらのおっしゃっていること、わたしには解りません。クーパーさん、行きましょう」

クーパーが逡巡し、その視線がスミス老人とぶつかった。

「大変、失礼ですが、今日は急いでいます。帰国するとなると、なにかと用事が多くて……申しわけありませんが、これでお暇《いとま》を致します」

スミス夫人がクーパーのほうへ踏み出し、その手を麻太郎が捕えた。

「不躾ですが、手袋を取っては頂けませんか」

「否《ノウ》、離しなさい。失礼な……」

スミス老人が静かに、しかし、はっきりした声でいった。

「マーガレット、そちらのいわれた通りにしなさい」

クーパーがスミス老人に向かって腰をかがめた。

「では、僕はこれで……お元気で」

素早く背を向けてホールを横切って行く。

スミス夫人が長い天鵞絨のスカートの脇のあたりへ手をやった。

なんとなく、それを目にして麻太郎がはっとした時、スミス夫人は小型のピストルを突き出していた。

麻太郎がスミス夫人にとびつき、轟音が鳴り響いた時、源太郎がクーパーを突きとばしていた。

クーパーがひっくり返り、ホールの隣の部屋からピストルの音に仰天した邏卒が二人、かけ出して来た。

八

クーパーは左脚を撃たれて居り、その手当はバーンズ医師と麻太郎が行った。

スミス夫人は麻太郎にピストルを奪われ、いきなりしがみついて来た花世に手袋をむしり取られた。

スミス夫人の白い手の甲には、腕のあたりまで、すさまじいひっかき傷があった。

事件はアメリカ領事館に移り、スミス夫人とクーパーは拘束された。

邏卒二人はその段階でお役御免となり、番屋へ戻ったが、その前に脇山吉之助は貞生を無罪放免にして行った。

麻太郎はバーンズ医師と共に「鶏の館」へ帰り、スミス邸の事件のことは忘れたような顔で働いていたが、気になっているのは、事件の翌日の夕方、源太郎が「鶏の館」へやって来て、裏口に麻太郎を呼び出していったことである。

「わたしも、麻太郎君も覚悟しておいたほうがよいかも知れない」

成り行きで、スミス夫人とクーパーをアメリカ領事館へ脇山吉之助達が連行する際、源太郎は脇山に頼まれて通訳としてついて行った。

「アメリカ領事館に、麻生先生と君の父上が来て居られたのだよ」

領事館員の一人となにやら親しげに話をしていたのを見て、ぎょっとしたと源太郎は首をすくめた。

「君は、そこで何かいわれたのか」

麻太郎が少々、慌てて訊くと、

「いや、なにも……」

源太郎が脇山吉之助達とひき渡しをすませて領事館を出た時には、もう姿がみえなかったという。

「麻生の叔父上はお顔が広いから、あっちこっちの領事館に知り合いがいらっしゃっても不思議ではないがね」

「どっちみち、スミス家の一件に我々がかかわり合ったのは、ばれると思う」

「源太郎君は仕方がないよ。わたしも、まあ弁解するなら、バーンズ先生のお供をして行ったのだから……」

しかし、弁解はしないと麻太郎はいった。

「父上に叱られても、あやまるだけだ」

「花世さんは、大目玉をくらったかな」

源太郎の心配はそのことのようであった。

黙っていたが、麻太郎はやれやれと思った。

あの朝、「かわせみ」で花世は父親から断じてスミス家の事件にかかわり合ってはならないと厳命されたというのに、その足で源太郎を呼び出し、まっしぐらにスミス邸へ行って最後まで見届けていた。

「しかし、スミス夫人に最初に目をつけたのは花世さんだよ」

紅玉の口から、スミス夫人とクーパーは不倫の仲で、しばしば、クーパーがスミス夫人を江戸ホテルへ呼んだり、時には大胆にも夜、クーパーがスミス邸へ忍び込み、スミス夫人の寝室で逢引をしたりして居り、その仲立ちをしていたのがスーザンであったというのを、花世は聞き出している。

「源太郎君は、その後、花世さんに会ったか」

「いいや」

「ここにも来ないよ」

神妙にA六番館女学校に通っているであろうと麻太郎は笑ったが、源太郎は笑えない顔をしている。

バーンズ医師から、

「スミスさんが我々をクリスマス・イヴの晩餐会に招いて下さるというのだがね」

と麻太郎が聞かされたのは、十二月二十二日のことである。

実をいうと、二日前、居留地内の教会で、非業の死を遂げたスミス家の召使、スーザンの弔《とむら》いをスミス老人が施主となってとり行い、麻太郎もバーンズ医師と共に出席した。で、昨日、バーンズ医師がスミス老人の体調を気遣ってスミス家を訪問したのだが、話はその時に出たものらしい。

「スミスさんは前々から御自分の年齢と体調を考えて、弟さんにまかせているサンフランシスコの店のほうへ帰る気になって居られたのだが、今度の事件でそれが少々早まった。で、クリスマス・イヴを祝うのと送別をかねて今回、世話になった人々を招きたいといわれたのだよ」

場所は大川端町の「かわせみ」というホテルだといわれて、麻太郎は驚いた。

「先生、あそこは日本の宿屋ですが……」

バーンズ医師が笑った。

「スミスさんは長年の日本暮しで、日本風の宴会が気に入っているそうだ。結婚してからは妻が反対するので、ずっとその機会がなかったといって居られたよ」

「かわせみでは承知したのですかね」

「花世さんがスミスさんの頼みで準備をしているそうだ」

成程と、麻太郎は合点した。

スミス家の事件については、スーザンを殺害したのはスミス夫人とクーパーだと、麻太郎自身、推量していたが、詳細についてはわからないことが多い。

ひょっとすると、当事者の一人であるスミス老人の口から、なにかが明らかにされるのかも知れないと麻太郎は思った。

十二月二十四日、築地居留地の中は敬虔な雰囲気に包まれていた。

どの家もクリスマス・ツリーを飾り、A六番館女学校の方角からは讃美歌の合唱が聞えていた。

もっとも、バーンズ診療所にはいつものように患者がやって来て、この日、最後の患者を麻太郎が玄関まで見送った時には、外は暗くなりかけていた。

「麻太郎、すぐ着替えないと遅刻しますよ」

マギー夫人にうながされて、麻太郎は二階の自室へ戻り、新しいシャツと英国で他出着《よそゆき》にしていた背広《シビルコート》と呼ばれている、西洋の日常服に着替えた。

下りて行くと、バーンズ医師はフロックコートを着ていた。マギー夫人がなにやら包み、上からリボンをかけている。

「スミスさんへのクリスマスプレゼントですよ。忘れずに渡して下さい」

玄関の外には貸馬車が来ていた。

バーンズ医師は往診用の人力車を持っていて、お抱えの車夫がいるが、馬車はなかった。必要に応じて貸馬車を呼ぶ。

築地居留地から大川端町は馬車で行くほどの距離でもないが、

「クリスマス・イヴのおよばれに行くのですからね」

とマギー夫人は笑いながら、たまき夫人と共に送り出して、手を振った。

「かわせみ」では昔ながらの掛け行燈の他に、もう一つ、大きな提灯が入口に出ていた。

馬車の停る音を聞きつけたように、嘉助と千春がとび出して来る。

上りかまちには、紫地に白く霰小紋《あられこもん》を染めた小袖に、黒に金糸銀糸で亀甲を織り出した帯を角出《つのだ》しに締めたるいが迎えていた。

「バーンズ先生、わたしの叔母です」

麻太郎が紹介し、バーンズ医師は感嘆の目で、るいを眺めた。

「これは美しい。麻太郎君には、こんな天女のような叔母さんが居られたのですか」

バーンズ医師が西洋人らしい率直な感想を口に出し、るいは丁寧に挨拶をした。

「麻太郎どのが、いつもお世話になって居ります。今日はようこそお出で下さいました」

先に立ってバーンズ医師を案内して行く後姿を麻太郎はつい、見とれていた。

いつも思うことだが、なんと優雅で凛とした人であろうと胸の奥が熱くなる。

「麻太郎兄様、今日のお席は離れにしました。お母様がそのほうがくつろいで頂けるからと……」

千春は黄八丈の働き着姿であった。赤い鹿の子の前掛が愛らしい。

「スミスさんはまだ、見えていないのか」

「いいえ、さっき、宗太郎叔父様と……」

「大丈夫かな、日本の料理で……」

「お刺身も煮物も大好物だとおっしゃいました。でも、今夜はその他にもいろいろと変ったものが出ます」

「なに……」

「それは、おたのしみ」

ばたばたと千春が台所へ続く暖簾口に姿を消し、そのむこうからは麻太郎が英国でなじみになった食物の匂いがうっすらと流れて来た。

この夜、「かわせみ」の離れの部屋に勢揃いしたのは、スミス老人にバーンズ医師、麻生宗太郎に神林麻太郎、畝源太郎、それから、最後に大きなお盆に本格的なワイングラスをのせて現われた麻生花世の六人であった。

スミス老人もバーンズ医師も横浜に居住していた時分から日本座敷にすわることに馴らされて来たとかで、どちらも器用に趺坐《あぐら》をかいている。

一同が揃ったところで、スミス老人が口を開いた。

「今日、集ってもらった第一の理由は先頃のスミス家の騒動について、いろいろと尽力をしてくれたことへの御礼を申し上げたかったからですが、それとは別に間もなく、この国を去り、サンフランシスコへ帰るわたしの気持の中には片付けておかねばならん不安がある。ここに居られる方々はスミス家の内情をすでにかいま見られた。だが、すべてを知ったわけではありません。アメリカ領事館からの報告によると、マーガレットとクーパーはスーザン殺害の犯人として本国に送還され、むこうで裁判を受けることになって居ります。しかし、わたしの考えでは彼らはそれほど重い刑を与えられるとは思わんのですよ。つまり、殺されたスーザンはマーガレットの召使です。召使が主人と揉《も》めごとを起し、その結果殺されたとなると、マーガレットの申し立て次第では、むこうの陪審員制度は情状酌量の声も上ろうし、少くとも極刑に処せられるとは思えん。とすれば、二人が再び、日本へ戻って来る可能性もないとはいえない。一方、わたしはすでに老齢であり、持病もある。所詮、そう長くは生きられまい。残り少い生涯を、心の闇をひきずっているのは耐え難い気持がする。この際、御迷惑でも、殺人が起るに至ったすべての事情を聞いておいてもらいたい。いわば真相を神に懺悔《ざんげ》するつもりで皆さんにお出で願ったわけです」

スミス老人が深い息をつき、バーンズ医師が顔を上げた。

「わたしは医者として、スミスさんの心の重荷が少しでも軽くなることを望みます。皆さんはどう思いますか」

麻生宗太郎が答えた。

「真相を話されることがスミスさんの希望であれば、慎んでお聞きしましょう。今度のことで最も苦しまれたのはスミスさんだと感じて居りますので……」

バーンズ医師と宗太郎が三人の若者を見、麻太郎と源太郎、花世がかしこまって頭を下げた。

「お若い方には苦々《にがにが》しい話かも知れない。しかし、我慢して聞いて下さい。まず、マーガレットのことですが、彼女はサンフランシスコのわたしの弟の妻の友人でした。生家は裕福でしたが、彼女は田舎暮しを嫌って、召使、つまりスーザンを連れてサンフランシスコへ出て来ていて、たまたま、商用でシスコへ戻ったわたしと知り合ったのです」

一目でマーガレットを気に入ったとスミス老人はなつかしそうにいった。

「とはいえ、三十歳も年下の彼女と結婚する決心はつきませんでした」

スミス老人は日本へ戻ったが、翌年、マーガレットはスーザンと共に日本へやって来た。

「彼女はわたしを頼って来た。彼女にわたしとの結婚の意志があるのを確かめて、わたし達は結婚しました」

マーガレットは宝石が好きであった。スミス老人も宝石には関心があり、嫌いではなかった。忽ち、スミス夫人の宝石箱は色とりどりの宝石で一杯になり、それでも足らずに高価な指輪や首飾りが買い集められた。

「年々、老いて行く夫の中には若い妻を着飾らせて満足している者が少くありません。年齢の差はひたすらわたしを妻に対して寛大な夫にして行きました。それはつまり、妻を怖れを知らぬ女に仕立て上げることでしたが、わたしはなかなかそれに気づきませんでした。愚かな話ですが、それだけ、妻に溺れていたのでしょう」

「かわせみ」の離れの部屋はひっそりとして、穏やかに話し続けるスミス老人の達者な日本語が白い障子紙にしみ渡るようであった。

「ジャック・クーパーについて聞いて頂きましょう」

スミス老人が冷《さ》めた茶に手をつけた。

「彼はわたしにとって妻を奪った憎い男ですから、どうしてもわたしの耳に残っているのは彼の悪い噂ばかりです。その点は割引いて聞いて下さい」

「いや」

とバーンズ医師が口をはさんだ。

「わたしが知る限り、居留地での彼の評判はよろしくありません。彼を詐欺師だと断言する者もいますし、商売についてもいかがわしい話を耳にしたことがあります」

「バーンズ先生のお言葉に力を得て申し上げましょう」

宗太郎が人なつこい微笑と共にいい出した。

「わたしがアメリカ領事館の知人から得た情報では、ジャック・クーパーは米や油の投機的な商売を行っていて、それも不正に利を上げたのが発覚して、領事館から忠告を受けていました」

花世が好奇心を我慢出来なくなったという顔で訊いた。

「お父様はクーパーを調べていたのですか」

「お前がスミスさんの家の盗難の話を持ち込んで来たからね。バーンズ先生にスミス家のパーティに招待されたお客の名前を調べて頂いた。領事館へ行けば、その方々について知ることが出来る」

「あきれました。娘には、よけいなことに首を突込むなとお叱りになったくせに……」

「子供が危い橋を渡りかけていると知れば、親はその橋を調べて、どこが危険かを知る必要がある」

「お父様の屁理屈……」

「まあまあ花世さん」

バーンズ医師が若い娘を制した。

「麻生先生がクーパーの経歴をみて彼に疑念を持ち、横浜まで行かれたのが、事件解決の大きな鍵になったのですよ」

「お父様が横浜へ……」

「そうです。スミス家のパーティの夜からスーザンが殺害された夜まで、クーパーが果してどこへ泊っていたかを調べて来られたのです」

花世が指を折った。

「スミスさんのお宅でパーティがあったのは、麻太郎さんが帰国なさった日の夜、つまり十二月十五日。翌十六日の午後にスミス夫人の指輪がなくなっているのがわかって紅玉姉弟に疑いがかけられ、わたし達、スミスさんのお宅へ行きました。スーザンが殺されたのは、その夜中、わたし達がスミスさんのお宅から帰った後のことです」

麻太郎がいった。

「わたしがクーパーに訊いた時、十五日は江戸ホテルに泊り、十六日は横浜へ帰って泊った。つまり、彼はスーザンが殺された夜は横浜にいたと……」

バーンズ医師が笑った。

「十六日の夜、クーパーが横浜にいたとすれば、彼はスーザン殺しには関係がないということになる。しかし、それがまっ赤な嘘だと調べて来て下さったのが麻生先生なのですよ」

宗太郎がスミス老人へ向いた。

「クーパーは十五日も十六日も江戸ホテルに泊っていました。ホテルで調べればすぐにわかることを、よくもぬけぬけといったと思います」

「あいつは日本という国に高《たか》をくって居ったのじゃろう。かかわり合いになる前に日本を出ようと考えたのはスーザンを手にかけて、すぐのようだね。そういう点では頭の廻りが早い男だ」

スミス老人がいい、宗太郎が同意した。

「たしかに、居留地は治外法権、まして外国人に対して日本の捕吏は拘束出来ません。もたもたしている中に国外に出てしまえば、或いは逃げ切れたかも知れませんね。今回はバーンズ先生のおかげで物事がとんとんと進んだので、なんとか間に合いましたが」

ところで、とスミス老人は麻太郎を見た。

「君はクーパーとは、あの時が初対面だね。どうして、いきなりクーパーに質問をはじめたのかね」

　庭の池から偽物のダイアモンドの指輪をみつけてホールへ戻って来て、ちょうど来たばかりのクーパーに対してさりげなく質問を開始した。

「君の質問が次々と核心に入って来て、クーパーはかなり慌てていた。君は最初からスーザンを殺したのはクーパーと気がついていたのかい」

「いいえ、そんなことはありません」

　あっさりした麻太郎の返事に、スミス老人は首を傾げた。

「では、どうして……」

「ホールへ戻って来た時、バーンズ先生がクーパーに強く注目して居られるのがわかったからです」

「ほう」

「それに、指輪をおみせした時、スミス夫人の手から指輪を取り上げて、これは偽物だといったクーパーの態度に不審を持ちました。仮にも知人の奥さんに対する節度がない。馴れ馴れしすぎる。それをスミス夫人はなんとも思わないようだし、スミスさんは、失礼を承知で申し上げるなら、大変、不快そうに二人をみて居られました」

　スミス老人が軽く自分の膝を叩き、麻太郎は遠慮がちに続けた。バーンズ医師の目が、そのまま続けろとうながしているのを知ったからでもある。

「あの時、わたしはバーンズ先生とスーザンの死体をみたあとでした。スーザンの手の爪は血だらけで、首を絞めたのは人間の手のようでした。バーンズ先生は余程、強い力で絞められたものとおっしゃいました。とすると女では無理です。指の太くて長い、がっしりした男の手……クーパーの手はまさにそんな手に見えました」

バーンズ医師が頼もしそうに麻太郎へうなずいた。

「その通り。しかし、クーパーの手にはひっかき傷がなかった。そう思ってみていると、花世さんはスミス夫人の手袋に注目している。これはこれはと思ったね」

スミス老人が大きく合点した。

「成程、それで麻太郎君はクーパーに質問をはじめたわけか」

麻太郎がバーンズ医師に訊ねた。

「先生は何故、クーパーに目をつけてお出でだったのですか」

「わたしはクーパーとスミス夫人について悪い噂を聞いていたのでね。しかし、どうやら、スミスさんはそのことにお気づきらしい。ならば、よけいな話をお耳に入れるまでもないと思いました」

九

「知っていましたよ。わたしはマーガレットとクーパーのことは……」

どこか寂しげな口調でスミス老人が話しはじめた。

「最初は同郷の昔なじみということで納得させられていましたがね。ああ、おおっぴらにやられては気がつかないわけがない。それでも、わたしはマーガレットに未練があった。これはいけないと思い知らされたのは、偶然、マーガレットの宝石箱の中身をみてしまったときだ」

　宝石はことごとく偽物に変っていた。

「わたしは横浜の知人からクーパーが偽の宝石を扱って危い橋を渡っているという噂を聞いていたから、すぐ思い当った。マーガレットはクーパーのいいなりに宝石を渡し、それがわたしに露見しないよう、クーパーは偽物をマーガレットに持たせていた」

　前から考えていた帰国を決断したのはその時だとスミス老人は打ち明けた。

「もし、マーガレットがわたしと一緒に帰国するといったら、わたしはすべてに目をつぶって彼女を許そうと思った。クーパーをえらぶというなら離婚をする。その決心がついた時に事件が起った」

　ダイアモンドの指輪が盗まれたと聞いて、スミス老人は驚かなかった。前夜のパーティにはクーパーが来ていた。

「パーティのはじまる前にマーガレットは指輪をわざとわたしの目の前に突き出してみせた。わたしは目が悪くなって来ている。しかし、目の前でみれば本物か偽物かぐらいはすぐわかる。それは本物のダイアモンドの指輪でしたよ」

　おそらく、パーティの終る直前、マーガレットはクーパーに本物を渡し、偽物を指にはめた。

「そうなるであろうことを、わたしは知っていた。が、もう、どうでもよいという気持でもあったのです。疲れていて体調も悪かった。バーンズ先生が勧めてくれるままに、わたしは早々に寝室に入り、指輪を確かめることはなかったのです」

花世が訊ねた。

「でも、どうして偽物がなくなったのです。クーパーが持って来なかったのですか」

スミス老人が唇をすぼめるようにして笑った。

「花世さん、それがスーザンが殺された理由ですよ」

麻太郎が思わずいった。

「指輪盗人はスーザンですか」

「何故、そう思います」

「もしかすると、夫人はスーザンにゆすられたのでは」

「麻太郎君、君は全く勘がよい。いや、正確に物事をみているのでそうなるのかも知れませんね」

スーザンはスミス家の夫婦の状態に気がついていたとスミス老人はいった。

当主であるスタンリー・スミスが妻の不貞を知り、離婚を決意してサンフランシスコへ帰ろうと準備をしているのを知ったスーザンは困惑したに違いない。

離婚となれば、妻の召使にスミス老人がまとまった金を、渡してくれる筈がない。といってマーガレットについて行けば、金のなくなった彼女は早晩、クーパーに捨てられるに違いないと、そこはマーガレットよりも遥かに世間を知っているスーザンならば計算が出来る。

「スーザンにとって、大金を手にする最後の機会が、偽物の指輪を証拠に、もし、いいなりの金を出さなければ、わたしに真実を訴えると脅すこと、その結果が十六日の深夜です」

すでに領事館でスミス夫人が告白したものだが、スーザンに脅迫されて二人はいい争い、つかみ合いになって、非力なスミス夫人は追いつめられた。

クーパーがそこへ来合わせたのは、ダイアモンドの指輪の一件がスミス老人にばれていないか不安であったため、スミス夫人にそのことを訊く心算であった。

「クーパーが我が家へ忍んで来るのは、深夜、庭伝いにホールのフランス窓の所へ来る。あの上はマーガレットの寝室なので、大方、石つぶてでも投げて合図をし、鍵を開けさせていたのでしょうが、あの夜、クーパーが見たのはフランス窓の外でとっ組み合っている二人の女でした。マーガレットを助けようとしてとクーパーはいっていましたが、とにかく、彼はスーザンの首を絞めて殺してしまったというわけです」

スミス老人が肩から力を抜き、麻太郎が穏やかに訊いた。

「指輪が池の中に落ちていたのは、争いになった時、スーザンが夫人に取られまいとして投げたのでしょうか」

それについてはマーガレットもクーパーも全く知らないようであったとスミス老人は

答えた。

「しかし、麻太郎君の推量通りでしょう。君が池の中から拾ったと指輪を持ってホールにやって来た時のマーガレットとクーパーの顔といったら、見ていられませんでしたよ。あのあたりから、わたしはマーガレットに対するどろどろした気持が憑《つ》きものが落ちたようになくなってしまって……」

そこでスミス老人は深呼吸をした。

「考えてみれば、今度の事件は、わたしが年甲斐もなく、若い妻に執着したのが原因です。そのことを皆さんに懺悔したくて、この席を設けました。おかげで胸の内の重いものがいくらか軽くなりました。さあ、もういいでしょう。食事にしましょう。わたしもお腹がすきました。皆さんはさぞ空腹でしたでしょう」

花世がぱっと立って行き、待っていたように料理が運ばれて来た。それらの多くはいつもの「かわせみ」の料理であったが、やがて女中達が持って来た大皿をみて、バーンズ医師が大声を上げた。

「なんと、これは鶏の丸焼ではありませんか」

花世にうながされて、千春がいった。

「作ったのは楊貞生さんです。貞生さんは横浜でコックさんの修業をしていたそうです。うちの板前達も、貞生さんに教えられて。かわせみのはじめての西洋料理です」

「では、これを作ったコックさん達を呼びなさい」

スミス老人の命令で、「かわせみ」の板前と貞生が挨拶に来た。スミス老人は各々と握手をし、日本式に御祝儀を渡した。

十

クリスマス・イヴの祝宴は賑やかに終った。

スミス老人はお抱えの馬車が到着するのを待ち、バーンズ医師と麻太郎はそれに同乗して帰ることになった。

で、一足先に帰る源太郎はるいから大きな重箱の包みを持たされた。

「これは、長助さんにお土産」

といわれて、源太郎はとび上らんばかりに喜んだ。

「ありがとうございます。頂いて行きます」

長助がさぞかし驚くでしょうと、いそいそと帰って行く源太郎を外まで麻太郎と一緒に見送った千春がいった。

「源太郎さん、別に暮してお出でのお母様やお千代さんとどうも気が合わないのですって。お母様が昔のことは忘れて、家族で幸せに暮しましょうとおっしゃったのが不快だと怒っているのですよ」

麻太郎は返事をしなかったが、各々の想いはよくわかった。

畝家にとっての過去といえば、当主であった源三郎の不慮の死であろう。不幸を乗り越えて、家族が幸福にと願うのも自然な気持に違いないし、といって、源太郎の心中にある、なにがなんでも父の仇を探し出して討たねば自分の人生は始まらないという願いももっともと思う。

その源太郎にとって、父の配下であり、誰よりも自分の本心に理解を示してくれる長助は生きるよりどころのような存在かと推量出来る。

「あたしは心に重荷を抱えている人が好きです」

ぽつりと千春がいった。

「お母様も大きな重荷を抱えて、それでも、力一杯、生きてお出《い》でなの。千春はそんなお母様が大好きです」

なんと答えたものかと迷いながら、麻太郎は馬車が目の前に停るのに気がついた。

「かわせみ」の玄関をスミス老人とバーンズ医師がるいと宗太郎に送られて出て来る。

「麻太郎君、帰るぞ」

バーンズ医師に呼ばれて、麻太郎は千春が気になりながら、馬車のほうへ走って行った。

翌日、麻太郎はいつものように着替えをすませ、部屋のドアを開けて、そこに置かれている紙包みを発見した。

それが、バーンズ夫妻からのクリスマスの贈物だとは、すぐにわかる。

包みを手に持ち、バーンズ夫妻にお礼をいうつもりで階段を下りた麻太郎はそこに立ってバーンズ医師と話をしている若者を見た。

年齢は麻太郎より上であろう。

中肉中背だが、すらりとした容姿にシビルコートがよく似合っている。

濃く黒い髪をやや長めに切って、七三で分けている。秀でた額と力のある目許《めもと》が理智的で、口許は女のように優しい。

「麻太郎君、紹介しよう。こちらは榎本新之介君、君が留学している最中、一年ばかり、ここで働いてもらっていた」

茫然とした麻太郎に、相手は礼儀正しく頭を下げた。

「お初にお目にかかります。榎本新之介です。よろしくお願い申します」

「神林麻太郎です。こちらこそ、よろしくお願いします」

声がかすれて、そのことに麻太郎は狼狽していた。

初対面の相手に自分の内心の動揺が伝わってはならないと腹に力を入れる。

「榎本君の家は牛込でね。お祖父《じい》さんの代から医師として、お大名に仕えていたそうだよ」

バーンズ医師がいい、麻太郎はそれに対して、黙ったままお辞儀をした。

たまき夫人が顔を出して、リビングにお茶の用意が出来たことを知らせ、バーンズ医師と榎本新之介がついて行ってから、麻太郎は洗面所へ行った。

鏡に映った自分の顔がこわばっていた。

榎本と聞いただけで体中の血が逆流している。

あの榎本とは、なんの関係もない相手の筈であった。親戚縁者とも思えない。

世の中に榎本という姓は珍らしくはなかった。

鏡に向って、麻太郎は唇を嚙みしめた。

榎本と聞けば、反射的に或る榎本という人物を思い出してしまう。

麻太郎にとっても、かけがえのないその人は、榎本に懇望されて一艘の船を目的地まで運航させたら、直ちに単身江戸へひき返すという約束のもと、大海へ出て行った。

それきり、船も、その人も帰っては来ない。

榎本を怨んでも仕方がないと、養父である神林通之進は何度となく麻太郎にいった。

それは自分にいいきかせているような声音であった。

その通りだと、麻太郎は思う。

それでも、榎本という姓にぶつかった時、自分の中に狂ったように躍り上る感情があることを、麻太郎は榎本新之介にすまないと思った。

むこうにとっては、なんのかかわり合いもないことである。

頰を叩き、顔色を整えて、麻太郎は居間へ出て行った。

解　題

かつて市井時代小説のシリーズといえば捕物帳、という時代があった。

岡本綺堂「半七捕物帳」に始まり、佐々木味津三「右門捕物帳」、戦前から戦後にかけて続いた野村胡堂「銭形平次捕物控」、横溝正史、城昌幸、久生十蘭などを経て、昭和二十年代に捕物帳は爆発的ブームを迎えることになる。その後、岡っ引きや奉行だけでなく町人や一介の武士が探偵役を担うシリーズが生まれたり、有明夏夫「大浪花諸人往来」シリーズや山田風太郎『警視庁草紙』といった明治ものへと広がったり。昭和中期は捕物帳百花繚乱の時代だった。

そんな中、昭和四十年代に、のちに時代小説界の金字塔とも呼ばれるようになる代表的なシリーズがふたつ、誕生している。池波正太郎「鬼平犯科帳」と平岩弓枝「御宿かわせみ」だ。

この二作に共通するのは、タイトルから「捕物」の文字をはずしたこと。謎解きではなく、江戸の情景とそこに暮らす人々を描くのが主眼だという決意表明ともとれる（実際、池波正太郎はあとがきでそう宣言しているし、平岩弓枝の考えについては本書収録のインタビューを参照されたい）。そのため、このふたつの名シリーズがミステリの文脈の中で語られることは、これまであまりなかった。

しかし、それもまたもったいない、のである。

まえがきにも書いたように、そこには秀逸なミステリ作品が数多く含まれているのだから。

特に「御宿かわせみ」は、それまで男性作家の牙城だった市井時代もののシリーズに初めて女性作家が参入した記念すべき作品である。同時に、仕事を持つ女性を主人公に据え、一編ごとに独立した事件を扱いつつシリーズを通して主人公と周囲の人々の人間模様の変化を描くという様式を作ったパイオニア的作品でもあるのだ。

平岩弓枝が作ったこの様式は、のちに北原亞以子、宇江佐真理、杉本章子、諸田玲子らへ受け継がれ、今や定番として、髙田郁に代表される現在の文庫書き下ろし時代小説の主たる潮流を占めている。

そんな、いわば現代の市井時代小説の源流たる作品に、ミステリという楽しみ方があるということをぜひ知っていただきたく、本書を企画した。

時代小説好きには、慣れ親しんだ様式の中にあるミステリの面白さを。

ミステリ好きには、捕物を通して触れる時代小説の面白さを。

それぞれの読者にとって新鮮な出会いとなるような作品を、膨大な「かわせみ」の歴史から七作ピックアップしたつもりだ。以下、ひとつずつ見てみよう。

なお、タイトルに付記したのはそれぞれの初出と、収録文庫である。

「倉の中」　小説サンデー毎日　一九七三年十月号　『御宿かわせみ』所収

伊勢屋のご隠居が首を吊ろうとしている現場に行き合わせたるいとお吉。自分の嫁いびりのせいで嫁と奉公人が駆け落ちしたのを気に病んでいるのだろうと息子は語る。しかし後日、奉公人は殺されているのではという話が飛び込んできて……。

連載が始まって五作目、かなり初期の作品である。かわせみの人々や、るいの恋人の神林東吾、同心の畝源三郎らが全員登場し、関係もよくわかることからこれを一作目に選んだ。与力の弟の東吾と、親友で同心の源三郎が、バディとして事件に当たるという形はすでにこの頃から確立されていた。

ミステリとしての読みどころは「遺体はどこに隠したか」だ。用意周到な犯罪計画と、それを逆手に取る東吾＆源三郎の作戦に注目。

「風鈴が切れた」　小説サンデー毎日　一九七六年七月号　『水郷から来た女』所収

殺人事件が起き、東吾の知り合いの女按摩の夫が下手人として捕らえられた。妻が別の男と同衾していることに怒り、現場に踏み込んで間男を殺したのだ。しかし女按摩には身に覚えがなく、何のことだかわからないという。

このシリーズには珍しい、物理的なトリックが使われている。証言が食い違う中、怪しい人物はいるものの、いったいどんな手を使ったのかがわからない。ハウダニットが冴えた作品で、最も本格ミステリ度が高い一編だ。

この時点で、るいと東吾はまだ結婚していない。現代の読者の目から見ると、るいの焼き餅はやや強すぎるようにも思えるだろうが、実は武士と町人という身分の違いゆえ結ばれるのは難しいという不安がるいを苛んでいるのである。

「藤屋の火事」　オール讀物　一九八五年十月号　『白萩屋敷の月』所収

旅籠の藤屋が火事になり、京から来た若い娘ふたりのうち、ひとりが逃げ遅れて亡くなった。生き残ったお幸は、江戸の大店・近江屋の先代が若い頃に京の女性に産ませた娘で、父を訪ねてきたと言うが……。

ミステリに慣れた読者なら、「あのパターンだな」と見当がつくかもしれない。だが謎解きのメインはそこではなく、中盤で起きる殺人事件にある。

何より本書の白眉は〈犯人〉が動機を吐露する場面、そしてその動機に対して、るいが思いを漏らす場面にある。このるいの言葉は、現代に生きる私たちにも強く、深く、しみるはずだ。

「矢大臣殺し」　オール讀物　一九九二年三月号　『雨月』所収

飲み屋の店内で、嫌われ者の名主の息子が殺された。ちょうど近くで仇討ち騒ぎがあり、人々の注意がそちらに向いた間の出来事だった。ところが東吾と長助のもとに、次々と「自分が下手人だ」と名乗る人物が現れて……。

アガサ・クリスティの某作を想起させる、遊び心に富んだ一編だ。けれどもちろんそれだけではない。本家をさらに一捻りしている上、全体にコミカルな風味づけがなされているので、とても読み心地がいい。読者の人気も高い作品である。

なお、るいが東吾のことを「うちの人」と呼んでいることに注目。この時点でふたりは晴れて夫婦になっている。ふたりの祝言は、これより二巻前の『御宿かわせみ15　恋文心中』にてどうぞ。

「残月」　オール讀物　一九九三年十月号　『かくれんぼ』所収

二十年前に人を殺して遠島になっていたおきたが、御赦免で江戸に戻ってきた。当時おきたを取り調べたのは源三郎の父親。しかしおきたは動機を語らないままだったという。源三郎はそれが気になって……。

真相がわかり、ああ、そういうことだったのかという衝撃は本書ナンバーワン。実は周到に伏線が張られていたことにも驚かされるが、さらにその先に、もう一度衝撃の展開がある。だが、意外な真相というだけでは本編の魅力を説明したことにはならない。なぜこうなったのか、事態に臨んで人々は何を思い、何を決意し、何を抱え込んだか。サプライズだけでなく、事件を巡る人々それぞれの思いに、ぜひ注目願いたい。その動機も、展開も、結末も、いつまでも読者の胸に強い余韻を残す名作だ。

「三日月紋の印籠」　オール讀物　二〇〇〇年六月号　『佐助の牡丹』所収

旗本の屋敷で大事な印籠がなくなり、妾腹の少年・徳太郎が疑われた。ところがその印籠は……。

衝撃の強い「残月」の後に、ちょっとほっこりできる〈日常の謎〉を配した。子どもたちの愛らしいやりとりには、思わず頬が緩んでしまう。ただ、ラストでるいが「お気の毒で……」と呟くように、実は切なさも孕んだ作品である。

本編ではるいと東吾の間に一粒種の千春が生まれている他、源三郎の妻も登場する。「風鈴が切れた」では道場の師範代だった東吾が、講武所や軍艦操練所に通っているなど時代背景の変化も味わえる一編だ。

「築地居留地の事件」　オール讀物　二〇〇七年一・二月号
『新・御宿かわせみ』所収

時代を明治に移し、第二世代が活躍する新シリーズの最初の作品である。東吾の兄夫婦の養子で、実は東吾の実の息子である麻太郎がイギリス留学から帰ってきた。引き続き居留地の医者の家で医学を学ぶ予定だったが、その屋敷でダイアモンドの指輪が紛失。使用人が疑われて、麻太郎は解明に乗り出すが……。

明治の描写、登場人物の変化、以前のレギュラーメンバーの息子や娘たちがティーンエイジャーとして活躍する様子など、読みどころは多い。ミステリとしても、文明開化当時ならではの道具立てや外国人への事情聴取など、従来の江戸ものとは異なる味わいが楽しめる。

事件の種類も謎解きのアプローチも異なる作品ばかり。そのバラエティに富んだ作風に驚いていただけるのではないだろうか。

平岩弓枝といえば、今や時代小説の大家というイメージだが、それだけではない。現代小説も多く発表しており、直木賞を受賞した『鏨師』（文春文庫）はもちろん、自らが脚本を書いて大ヒットさせた『肝っ玉かあさん』（同）などドラマの原作、一九六〇年代には少女小説も手がけ、のちに集英社文庫コバルトシリーズに収められたという意外な一面もある。

ミステリ作品では、ツアーコンダクターの妻が旅先で出会った事件を小説家の夫が解決する『ふたりで探偵』（新潮文庫）、神戸の異人館を舞台に、お茶の歴史と一族の事件を絡めた『セイロン亭の謎』（同）、短編集の『ハサウェイ殺人事件』（集英社文庫）、旅情ミステリの『パナマ運河の殺人』『葡萄街道《ワインロード》の殺人』（ともに角川文庫）などなど、旅行好きの著者らしく、日本・世界各地を舞台にしたものが目立つ。どれかひとつ選ぶなら、『セイロン亭の謎』をお勧めしたい。

また、「かわせみ」と並ぶ二枚看板シリーズの「はやぶさ新八御用帳」（講談社文庫）は、奉行の密命を帯びた主人公が表沙汰にできない事件の裏を探索するという趣向のシリーズで、ミステリ的な構成はむしろ「かわせみ」より強い。続編の「はやぶさ新八御用旅」シリーズでは江戸を離れて全国の街道筋が舞台になるという、時代旅情ミステリの味わいも楽しめる。興味を持たれた方は、ぜひそちらにも手を伸ばしていただければと思う。

（大矢記）

著者に訊く「御宿かわせみ」とミステリ

「かわせみ」は、いろんなものでできてるんです。

構成　大矢博子

「ミステリはあまり読まないの。でもクリスティだけは好きだった」

――捕物帳やミステリは以前からお好きだったんですか？

平岩　いえ、それがぜんぜんそんなことないんですよ。捕物帳の、ひとりの人間がいろいろ事件を解決していくスタイルって私が子どもの頃から流行りすぎてて、すごく多くて、それでちょっと嫌になっていたんです。

――では捕物帳を書くつもりではなかった？

平岩　そうですね、それまでの捕物帳の真似をするのは、嫌でしたね。ちょうどその頃（かわせみを書き始める前）、ニューヨークに友人が住んでまして、誘われて行ったブロードウェイで「グランドホテル」を観たんです。それで、「はあ、こういうやり方があるか」と。ひとつの場所があって、そこへ人が来て、事件が起こって、また旅立って行く。このやり方いいなあ、と思ったの。これなら普通の捕物帳とはちょっと違ったものができるぞって。

――当時の時代小説のシリーズといえば、岡っ引きや奉行が活躍する捕物帳が全盛でした。女性を主人公に据えたシリーズは「かわせみ」が初だったのでは。

平岩　初かどうかはわかりませんけど、「グランドホテル」の日本版をやってみたかったの。それが「かわせみ」の元です。私は長谷川伸《はせがわしん》先生の門下で、兄弟子の山岡荘八《やまおかそうはち》や村上元三《むらかみげんぞう》といった錚々たる先輩たちから、このグランドホテル形式は「いいやり方を見つけたな」と褒めていただきました。そして、「この方法でやっていけると思うから、ひとつひとついいものをお書きなさい」って言われたんです。

——あまりミステリを読んでこられなかったという割には、「かわせみ」にはけっこう凝ったトリックも登場しますが。

平岩　それはやっぱり一生懸命考えたり、先輩方の影響もありますしね。長谷川伸先生がしょっちゅう言ってらしたの。「新しいものを自分で発見しなさい」って。先生が亡くなる病院の中でまで、そうおっしゃってたんです。それとね、私、アガサ・クリスティは好きだったんです。

——そうなんですか！

平岩　その頃のことだから、次々と新作が翻訳されるわけじゃないんですよ。それでたまたまニューヨークにいた友人がむこうからクリスティの原書をどかんと送ってくれて、私が「こんなの読んだってわかりゃしない」ってわめいたら、じゃあって、短編を翻訳して送ってくれたの。

——クリスティのお好きなところは？

平岩　やっぱり人間が面白い。リアルでしょう。で、ポアロが好きって言ってみたり、マープルが好きって言ってみたり、ああでもないこうでもないってよく話してました。

——どの作品がお好きですか。

平岩　いろいろありますけど、やっぱり元に戻って『アクロイド殺し』ですかね。

――今回セレクトの中に「矢大臣殺し」を入れました。これはクリスティの名作を彷彿とさせる短編ですが。

平岩　あれは書いてみたかったんです。いいや、って思って書いちゃったの。もちろん丸ごとそのままではないですよ。

――本家をさらに一捻りして大団円、という感じです。

平岩　理論的に考えてそうしたわけじゃなくて、たまたま、感覚的にそうなっちゃったんですけど。でもね、わかりますよね。クリスティに熱上げて真似してらあ、って。そうしないようにしないように、クリスティにならないように、だけどクリスティのいいところはしっかりお腹の中に入れてみて、それから吐き出して、自分の小説を書こうって。これも長谷川先生の教えなんです。

――今回のセレクトには入れませんでしたが、「薬研堀《やげんぼり》の猫」はエドガー・アラン・ポーの「黒猫」へのオマージュかな、と思いました。

平岩　それは考えたことがなかった！　ポーは読んでないです。黒猫とか化け猫とか私弱いのよ、怖いから。海外物はほんとに読まないですね。正直言って、ミステリってそんなに好きじゃないんですよ。若い頃には大衆文芸の雑誌も読みましたけど、むしろ古典が好きで、万葉集とか古事記とかを一生懸命読んでました。生意気でしょ？（笑）

――それなのに、クリスティだけは違ったんですね。

平岩　クリスティだけが例外。かぶれちゃったんですね、クリスティに。

「トリックよりもストーリーよりも、人の裏をどう見るか、なんです」

――初期の頃は物理的なトリックを使った話もありますが、後半は次第に人の心のあり方が謎解きにつながる作品が増えていきます。

平岩　その方が人生に多いんじゃないかと思ったの。物理的なトリックにぶつかる人生って、そうそうないでしょう？　でも人間の裏と表には否応なしにぶつかりますからね。長谷川先生がね、「ストーリーを書こうとしてはいけない。どんな人間を書くかを考えなさい、ストーリーは後からついてくるよ」とおっしゃったの。これは今でも私の金科玉条です。自分の周辺にどんな人がいるのか、自分がこれまで会った中でどんな人が印象に残っているのか、それはなぜか。今でも付き合っているのか、つきあっているとしたらなぜか。つきあっていないとしたらなぜか。それがぜんぶ「謎《クエスチヨン》」になるんです。人間というのは裏も表もある、裏でもなく表でもないものもある。そういうのにぶつかるたびに、これはなんだろう、って考えるの。

――トリックよりは人の裏表なんですね。

平岩　そうなんです。それも裏か表かじゃなく、裏をどう見るか、なの。それは人によって違うから、違う登場人物を出すごとに（見えるものも）どんどん増えていく。永遠に行き詰まることなく続けられるんです。

――今回の収録作の中で特に印象深いものはありますか？

平岩　読者の皆さんは何かというと「矢大臣殺し」を挙げられるんですよ。私もあれは面白がって書いたし嫌いじゃないんですけど……やっぱり「残月」かな。

――島送りから帰ってきた母親の話ですね。

平岩　それはね、私が歳をとったから。あの登場人物の気持ちがわかる、というのでもないんだけど、「ああ、こういうのが私は書きたかったんだな」という気がするんです。生活の中にある話じゃないでしょう？　普通に暮らしてるぶんには無縁の話。だから逆に書いてみたかった。

――第二世代の「築地居留地の事件」ではまた一転して、居留地でダイアモンドの指輪が盗まれて使用人が疑われるという、推理小説らしい設定になりました。これは『セイロン亭の謎』と雰囲気が似ている気がします。

平岩　『セイロン亭の謎』は自分でも気に入ってるんです。で、セイロン亭の方が先に書いたんですけど、「新・御宿かわせみ」を書くときに「あ、これで始めると楽だな」って思ってね。（笑）

――舞台が明治となると、またいろいろ違いますよね。

平岩　明治は書きにくかったですね。江戸時代までは作家が夢を書けるんです。でも明治はデータはあるし史料はあるし、妙なことを書けないんですよね。史料と違うこと書いたらたちまち吊るし上げられちゃう。夢を探すには明治以降ってつまらないですよ。江戸ならいたずらができるのに。

――江戸のるいさんに比べると、明治の花世ちゃんはかなり元気なキャラです。

平岩　同じようなキャラクターばかり出してってもつまらないじゃない？　それに時代の変化っていうのもありますよね。脚本の仕事をしていると、女優さんとたくさん知り合いになるんです。女優さんたちっていうのはみんな、言いたいことをぽんぽん言うのね。そういうところからも刺戟を受けました。それに長谷川伸先生が明治の女性を描いてる作品があって、そちらの影響もあります。

「松本清張さんから『平岩くんはずるいなあ』と言われたの」

――長谷川伸先生の存在はかなり大きなものだったと思います。捕物というジャンルでは、門下には「加田三七《かださんしち》捕物そば屋」の村上元三さん、「鬼平犯科帳」の池波正太郎さんなどもいらっしゃいますね。

平岩　何でも書ける先輩ばかりでしたから。それと、門下ではないんですが、（松本）清張さんが長谷川先生にお手紙を書いてアドバイスをもらったり、西村（京太郎）さんが勉強しにいらしたりしてましたね。

――そうなんですか！

平岩　以前、「長谷川伸展」を開くことになって、それに、清張さんが大事にしまっていた長谷川先生の手紙を出してもいいかって、うちに連絡があったの。それが本当にいい手紙で。まだ小倉の、一介の青い文学青年でおろおろしてる清張さんに、「君の行き先はこうだろう」とアドバイスしていらっしゃるのね。そして「ストーリーはいくらでも変えられるが人間を変えるのは無理だよ」って。

――清張さんはそれを保存してらしたんですね。

平岩　後生大事にとってらしたんですよ。お会いした時、懐《ふところ》からその手紙を出して来られたんです。いつも机の前に掲げて書いてらっしゃったって。生前の清張さんがね、泣きそうな顔して、あの清張さんがですよ。泣きそうな顔して私に「僕はこの手紙があったからここまで書いてこられたんだ。まだ書くよ」って。「あなたもちゃんとやってるんでしょうね？」って私に詰め寄るものだから、「私は甘やかされた弟子ですから」って答えたんですけど。そしたら「そうだろう」と納得されちゃった。

――そのエピソードはミステリファンもあまり知らないかもしれません。

平岩　清張さんが亡くなったとき、その手紙のことは仲間内でも話題にのぼりましたけどね、清張さんがあれだけ分野を広げられてたくさん書いてこられたのも、長谷川先生の手紙を読むと、ああこういうふうにサジェスチョンされたんだ、っていうのが全部わかるの。びっくりしましたよ。清張さんもね、最初の二、三編は自分でも迷ってたけど、長谷川先生のお手紙をいただいて胸の中がすーっとして「吹っ切れた、俺は」って。これはじかに清張さんが私におっしゃったセリフですよ。「平岩くんは良かったなあ、若くしてあんなすごい人を恩師に頂いて、平岩くんはずるいなあ」って。

——清張さんの作品はお読みになりましたか？

平岩　もちろん読みましたよ。親切にしてくださったし、御本も送ってくださいましたしね。「平岩くんのも送ってよ」って言われて「私はいいです」って逃げたら「ずるいぞ」って。（笑）

——松本清張さんは日本各地を舞台にした社会派ミステリを多く書かれましたが、平岩さんも現代ミステリは旅情ものが多いですね。

平岩　旅行大好きなの。海外もあちこち行きました。昔、カンヌからモナコに向かっていく途中に、小さくて素敵なホテルがあって、こういうところを舞台にしたいな、って夫と話したことがあります。それが「かわせみ」の出発点かもしれませんね。「グランドホテル」のお芝居にニューヨークで出会って、クリスティにかぶれて、その一方で、時代小説の世話物の世界は日本舞踊や三味線なんかのお稽古ごとで培《つちか》った気がします。そしてやっぱり、長谷川先生のご指導ですね。「かわせみ」は、いろんなものでできてるんです。

（二〇一八年八月十七日　代々木八幡宮にて）

本書は文春文庫オリジナルです。
（収録作品の初出は解題を参照）

文春文庫

「御宿《おんやど》かわせみ」ミステリ傑作選《けつさくせん》

定価はカバーに
表示してあります

2018年12月10日　第1刷

著　者　平《ひら》岩《いわ》弓《ゆみ》枝《え》　大《おお》矢《や》博《ひろ》子《こ》選

発行者　花田朋子

発行所　株式会社 文藝春秋

東京都千代田区紀尾井町 3-23　〒102-8008
TEL 03・3265・1211㈹
文藝春秋ホームページ　http://www.bunshun.co.jp

落丁、乱丁本は、お手数ですが小社製作部宛お送り下さい。送料小社負担でお取替致します。

印刷製本・凸版印刷

Printed in Japan
ISBN978-4-16-791194-2